진짜 마음

행복을 여는 10가지 열쇠

가짜 마음

진짜 마음 가짜 마음

발행일   2015년 10월 1일

지은이   김 영 국
펴낸이   손 형 국
펴낸곳   (주)북랩
편집인   선일영   편집   서대종, 이소현, 권유선
디자인   이현수, 윤미리내, 임혜수   제작   박기성, 황동현, 구성우, 이탄석
마케팅   김회란, 박진관, 이희정, 김아름
출판등록   2004. 12. 1(제2012-000051호)
주소   서울시 금천구 가산디지털 1로 168, 우림라이온스밸리 B동 B113, 114호
홈페이지   www.book.co.kr
전화번호   (02)2026-5777   팩스   (02)2026-5747

ISBN   979-11-5585-749-6 03810(종이책)   979-11-5585-750-2 05810(전자책)

이 도서의 국립중앙도서관 출판예정도서목록(CIP)은 서지정보유통지원시스템 홈페이지(http://seoji.nl.go.kr)와
국가자료공동목록시스템(http://www.nl.go.kr/kolisnet)에서 이용하실 수 있습니다.
(CIP제어번호 : CIP2015026354)

김영국 지음

행 복 최 면 사 청 명 의 힐 링 에 세 이

진짜 마음

행복을 여는 10가지 열쇠

가짜 마음

북랩 book Lab

프롤로그

어린 꼬맹이는 잠을 자기만 하면 꿈속에서 무서운 괴물을 만났습니다. 저의 어린 시절은 항상 불안하고 우울했습니다. 그 마음을 없애고 지우기 위해서 초등학교 때부터 심리학 및 각종 자기 계발 책을 닥치는 대로 읽고 또 읽었습니다. 아무리 읽어도 이해도 되지 않고 어렵기만 했습니다. 누구나 쉽게 이해하고 따라 할 수 있는 그런 책들을 찾아 헤맸습니다.

교회에 가서 기도도 하고, 거울을 보면서 "나는 할 수 있다!"라고 아무리 외쳐도 불안한 마음은 저를 가지고 놀 듯 오히려 비웃는 것 같았습니다. 그런 갈급함으로 20살 때 처음으로 최면을 접하게 되었고, 군 제대 후 본격적으로 마음공부에 집중하게 되었습니다. 그로부터 많은 선생님들에게 소중한 가르침을 받았습니다. 최면과 명상을 배우면서도 저 나름대로 쉽게 이해하려고 애를 썼습니다. 그래야만 어린 시절의 저와 같은 사람에게도 쉽게 알려 줄 수 있으니까요.

그래서 매일 저의 생각들을 제가 운영하는 카페와 블로그에 올리기 시작했습니다. 4년간 누적된 글이 너무 많아서 최대한 간단하고 단순하게 책을 써 보기로 마음먹었습니다. 전문적인 용어를 쓰기보다는 누구나 쉽게 이해하고 실천할 수 있는 구체적인 방법을 제시하고자 했습니다.

우린 대부분 마음에 대해서 잘 안다고 말하지만 실제로는 전혀 모르거나 아니면 완전히 반대로 이해하는 경우가 많습니다. 자녀를 사랑한다면서 매일 공부 못한다고 구박하는 것과 같지요. 행복하게 살고 싶다고 하면서 매일 자기 학대 속에서 사는 것도 그러합니다. 그래서 책 제목을 『진짜 마음 가짜 마음』이라고 짓게 되었습니다. 진짜 마음은 '행복과 사랑'이며 가짜 마음은 '불행과 집착'입니다.

많은 분들의 사랑과 관심이 있었기에 이 책이 나올 수 있었습니다. 저와 인연이 된 인생의 친구분들에게 진심으로 감사드립니다. 특히 저를 낳아 주시고 길러 주신 부모님께 감사드립니다. 고인이 되신 아버지는 괴로움 속에서 행복을 알려 주셨으며, 어머니는 괴로움 속에서 사랑을 알려 주셨습니다.

이 책이 라면을 먹을 때는 냄비 받침대가 되고 마음이 외롭고 불안할 때는 편하게 대화할 수 있는 친구가 되었으면 합니다. 독자분들의 가정에 항상 평화와 사랑이 가득하시길 바랍니다.

이제 여러분 마음속의 진짜 마음 여행을 떠나 보실까요?

2015년 9월, 고향 내려갈 생각에 들뜬 어느 날
행복 최면사 청명 김영국 올림

Table Of Contents

제2장

치유의 열쇠

제3장
분노의 열쇠

제4장
성공의 열쇠

제6장
최면의 열쇠

제7장
명상의 열쇠

제8장
부모의 열쇠

제9장
지혜의 열쇠

제1장

행복의 열쇠

청명의 행복 십계명

1. 어떤 일이 있어도 자신을 미워하지 말자. 반성만 하자.

2. 남을 위한 인생이 아닌 나를 위한 인생을 살자.

3. 매일 매일 '나는 나를 사랑합니다.'라고 말해 주자.

4. 단 5분이라도 눈을 감고 내면의 소리를 들어 보자.

5. 내 운명은 나 스스로 창조한다.

6. 살아 있다는 것에 감사하는 마음이 행복의 지름길

7. 저항하고 싸우기보다는 수용하고 화해하자.

8. 모든 선택의 기준을 행복에 두자.

9. 나를 믿고 빠른 선택을 하고 당장 실행에 옮기자.

10. 과거와 미래를 보지 말고 지금 이 순간에 머무르자.

마음이 내 맘대로 되지 않을 때

저는 다음의 몇 가지를 생각해 봅니다.

1. 내가 몸을 움직이지 않고 게을러졌구나.
2. 선택의 순간에 결정하지 못하고 회피하려고 하고 있구나.
3. 과거의 후회와 미래의 불안을 보면서 현재에 만족하지 못하고 있구나.
4. 나를 사랑해야 하는 첫 번째 수칙을 잠시 망각했구나.

그리고 이렇게 속삭입니다.
"인생 별거 없는데, 또 오버해서 심각하게 봤군."이라고
반성하고 다시 고요한 제 마음으로 되돌아오곤 합니다.

마음과 친해지고 싶다면

사랑해야 합니다.
친해지기 위해서는 관심이 필요합니다.
자꾸 물어봐야 합니다.

"네가 원하는 것은 무엇이니?"

내 마음대로 하기보다는 마음이 원하는 대로 따라가는 겁니다.
우리는 머리가 시키는 욕심에 따라가곤 합니다.
그러면 가슴은 답답해지고 머리는 복잡해집니다.
다른 사람의 마음도 아닌 내 마음을 가장 먼저
사랑해 주고 믿어 주는 것이 중요합니다.
실수나 실패가 무서워서 나를 먼저 배신하면 안 됩니다.

마음이라는 강아지 길들이기

오늘부터 우리 집 식구가 된 '뽀미'는
아무 데나 실례를 하게 될 겁니다.
아무리 말을 해도 듣질 않습니다.
그러나 한 달 두 달 가르쳐 주다 보면
정해진 장소에서 볼일을 보게 됩니다.

마음이라는 것도 강아지를 길들이는 것과 같습니다.
인내심을 갖고 꾸준히 다스리다 보면
언젠가는 내 말을 잘 따르게 될 겁니다.

욕먹을 것 같아서 두렵지요?

제가 살아오면서 가장 많이 들었던 말이 있습니다.

"영국이는 순수해, 참 착해."

그땐 이 말을 들으면 정말 기뻤지요.

그러나 그런 말을 들을수록 나의 삶은 우울해지는 것을 알았습니다.

내가 원하는 대로 살지 못하고 남들이 원하는 대로 따랐을 뿐입니다.

욕을 먹기 싫어서요.

나를 미워하거나 떠나가지 않을까? 란 두려움이 저의 발목을 잡더군요.

그래서 이젠 나를 해방시켜 주기로 했습니다.

"이젠 욕먹어도 돼. 영국이 하고 싶은 대로 해."

그렇게 살다 보니 사람들이 나를 떠나거나 싫어하기는커녕

오히려 진솔한 내 모습을 더 좋아해 주더군요.

가면을 벗으니 나도 자유롭고 나를 바라보는 사람들도 더 편안해 하더군요.

적당히 욕먹어 가면서 사는 것도 나쁘지 않습니다.

욕도 먹어봐야 반성도 하기 마련입니다.

그저 온실 속의 화초처럼 곱게 자라다가는 나만 상처받게 됩니다.

남들에게 욕먹는 것도 안 좋지만,

자기 삶을 불행하게 만드는 것도 욕먹을 일입니다.

내 인생의 주인공은 바로 나인데 하인처럼 끌려가면서 살 이유가 없습니다.

진짜 마음 가짜 마음

성취주의자, 쾌락주의자, 허무주의자

하버드 대학에서 행복학 강의를 개설한 '탈 벤 샤하르' 교수는
불행한 사람을 세 가지 유형으로 나누었습니다.

첫 번째 유형 :
미래의 성공을 위해 현재를 희생하는 **성취주의자**.
두 번째 유형 :
순간의 쾌락을 추구하다가 미래를 상실한 **쾌락주의자**.
세 번째 유형 :
과거의 실패에 발목이 묶여 현재와 미래를 함께 잃어버린 **허무주의자**.

여러분은 어떤 유형에 속하시나요?
진정한 행복이란 과거에서 해방되어
현재와 미래의 행복을 함께 추구하는 것이라고 합니다.

암에 걸린 어느 할머니의 슬픈 이야기

평생 돈밖에 모르는 할머니는 주변 사람들로부터 많은 비난을 받았답니다.

재산이 10억이 넘는데도 베풀기보다는 남의 눈에 피눈물이 나게 했다는군요.

그러다가 몸이 안 좋아서 병원에 갔는데 불행하게도 암 진단을 받았습니다.

치료를 받으면서 자신의 삶을 반성하고 매일 감사 기도를 했다고 합니다.

다행히 하늘이 도와 1년 만에 암이 사라지고 다시 건강을 회복했습니다.

그러나 건강이 회복되니 그동안 쓴 돈이 아까운 나머지

전보다 더 돈에 집착하며 몸과 마음을 혹사했다고 합니다.

결국 그 할머니는 암이 재발해서 생을 마감했습니다.

어떤 고통에 대한 반성과 기회는 한 번이면 충분합니다.

하늘은 그것을 무시하고 어리석음을 반복하는 자를 더는 도와주지 않습니다.

인생에서 고수는 잘못된 행동을 미리 반성하고

그 행동을 반복하지 않는 자를 말합니다.

중수는 일이 터지고 나서 뼈저린 반성을 통해서

어리석은 행동을 그만두는 자를 말합니다.

하수는 자신이 병들어 가는 것조차도 모르고

끝없는 괴로움을 겪는 자를 말합니다.

중수만 되더라도 행복한 삶을 살 수가 있는데

우린 하수를 향해서 달려가고 있지 않나요?

남에게 잘 보이려고 애쓰지 마세요

몇 년 전 원로 연기자이신 전무송 선생님을 만난 적이 있었습니다.
헤어질 때 내 손을 잡으면서 이 한마디를 해 주시더군요.
아직도 그 말씀이 제 가슴에서 떠나지 않네요.

"젊은 친구, 내가 인생을 살아보니
남에게 잘 보이는 것은 10원어치의 가치도 없더군요.
남 눈치 보지 말고 당당하게 그대 인생을 사세요."
선생님의 그 말씀 잊지 않고 살겠습니다.

무엇이든 최선을 다해야 합니다

사자는 사슴을 잡기 위해서 아침 일찍 일어납니다.

사슴은 사자에게 잡아먹히지 않기 위해서 아침 일찍 일어납니다.

당신이 배가 고프다는 것은 사슴보다 늦게 일어났기 때문입니다.

당신이 불안하다는 것은 사자보다 늦게 일어났기 때문입니다.

우리 마음속의 사자는 '열정'입니다.

우리 마음속의 사슴은 '사랑'입니다.

한 손에는 열정을, 다른 한 손에는 사랑을 쥐고 힘차게 달려 봅시다.

진짜 마음 가짜 마음

028

내 생에 가장 창피했던 순간

대학 시절 방학 때 고향에 내려와서 중국집 배달 일을 한 적이 있었습니다.
한 달 일하면 100만 원을 준다기에 열과 성을 다해서 일했습니다.
철가방을 오토바이 뒤에 실어도 되는데 남들에게 멋있게 보이고 싶어서
한 손으로는 오토바이 운전대를 잡고 한 손으로는 철가방을 잡았습니다.
비가 조금씩 내리던 어느 날 역전 사거리를 가는데
그만 오토바이가 빗길에 넘어져 버렸습니다.

순간 눈을 뜨니 온 사방에 짬뽕 국물이 범벅이 되어 있더군요.
사람들이 우르르 몰려와서 저를 걱정하는데 도저히 창피해서 눈을 뜰 수가 없
더군요. 그런데 저도 모르게 그 상황이 너무 웃겨서 실없이 웃어 버렸습니다.
그러자 저를 걱정하던 사람들도 따라 웃는 진풍경이 벌어졌습니다.
제가 부끄러워서 고개도 못 들고 시무룩해져 있으면 그것이 저에게 트라우마
가 되겠지만, 한 번의 웃음으로 저에겐 여전히 재미있고 즐거운 추억으로 남아
있습니다.

행복이란 괴로운 순간에 웃어넘길 수 있는 작은 여유인 것 같습니다.
그 순간 가볍게 넘어가면 되는데 나 스스로 못을 박아 버리면 불행이
시작됩니다. 내 안의 수많은 짐도 내가 놓지 못해서 그런 것 같습니다.
너무 진지하게 살지 말고 가볍게 살아갑시다.

영혼과 마음과 몸이 친해지는 법

영혼의 언어는 **믿음**입니다.
자신을 믿지 않으면 영혼이 피폐해집니다.

마음의 언어는 **선택**입니다.
선택하지 않으면 마음은 바보 멍청이가 됩니다.

몸의 언어는 **행동**입니다.
행동하지 않으면 몸은 병들어 갑니다.

이제 우리는
내 영혼의 소리를 믿고
빠른 선택을 하고
당장 행동하면 됩니다.

웃으면 복이 와요

저는 길거리를 걸으며 사람들의 표정을 유심히 지켜봅니다.

해맑게 웃는 사람을 보면 저도 모르게 입가에 미소가 지어집니다.

반면 인상 잔뜩 쓰는 사람을 보면 제 마음까지 무거워집니다.

길거리에서 어떤 표정을 짓고 다니시나요?

가족들을 대할 때의 표정은요?

회사 생활을 할 때의 표정은요?

내 표정 안에 모든 것이 담겨 있습니다.

사람들이 나를 싫어한다고 생각하지 마시고, 내 표정 먼저 바꿔 보세요.

행복해서 웃는 것이 아니라, 웃어서 행복해진답니다.

웃으면 5가지의 이득을 얻을 수 있습니다.

1. 10초만 웃어도 체온이 증가하여

    암세포를 사멸시켜 암 예방에 효과적입니다.

2. 1분 동안의 웃음은 15분의 조깅 효과와 같습니다.

3. 사람들이 나의 웃음에 매료되어 나를 좋아하게 됩니다.

4. 내 안의 긍정성이 마구마구 커집니다. '스트레스 아웃!'

5. 한 번의 웃음은 우리를 지옥에서 천국으로 순간 이동 시켜 줍니다.

    "하하하." "호호호." "흐흐흐." "히히히." "헤헤헤."

회사를 옮겨야 할까요?

대기업 다니는 친구에게 문자가 왔습니다.

"친구야, 나 새로운 일을 하고 싶은데 너는 어떻게 생각하니?"

저는 이렇게 문자를 보냈습니다.

"너의 행복을 위한다면 과감하게 선택하길 바란다."

"다만 네가 상상하는 그 이상으로 힘들 거야"

"그럼에도 불구하고 후회 안 할 자신 있다면

한 번뿐인 인생 멋지게 살았으면 좋겠다."

최고의 선택이란 존재하지 않습니다.

어떤 선택 뒤에는 책임이 따릅니다.

우린 스스로 책임질 각오만 하게 되면

무엇이든 당당하게 선택할 수가 있습니다.

제일 무책임한 선택은 바로 우물쭈물입니다.

하늘은 천국과 지옥의 문을 열고 우리를 기다리고 있을지 몰라도,

천국 속에 지옥이 있고 지옥 속에 천국이 존재합니다.

내 삶을 당당하게 살지 못하고 회피하려는 순간 지옥의 문이 열리고,

고난과 어려움을 감수하더라도

자신을 위한 삶을 살게 되면 천국의 문이 열리게 됩니다.

그 모든 것은 내 손안에서 만들어집니다.

진짜마음가짜마음

사랑이 무엇이라고 생각하나요?

전 이렇게 생각합니다.

1. 나보다 상대방을 더 아껴 주고 챙겨 주는 마음.

2. 상대가 원하는 대로 믿고 따라 주는 마음.

3. 있는 그대로 수용해 주는 조건 없는 마음.

4. 끝까지 믿어 주는 마음.

5. 상대방이 바뀌기를 바라기보다는 내가 먼저 바뀌는 마음.

6. 상대방이 나를 통해서 즐거워하고 편안함을 느끼는 상태.

이런 마음이 아니라면 사랑보다는 집착이나 욕심에 가깝겠죠?

하고 싶은 일 하면서 사세요

하루 24시간 중 10시간에서 12시간가량을 일하면서 보냅니다.

인생으로 보면 $\frac{1}{3}$ 이상의 시간을 보낸다고 할 수 있습니다.

행복한 사람들은 대체로 의미 있는 직업을 통해서 즐거움을 느낀다고 합니다.

그렇지 않으면 평생 돈벌이 수단이 되면서 금세 지치고 말 것입니다.

아니면 내가 하는 일에 의미를 부여해서 맡은 일에 최선을 다해야 할 겁니다.

직업 선택은 인생에서 가장 중요한 일이기도 합니다. 그 선택을 하면서 남들이

원하는 일보다 되도록 내가 원하는 일을 하시기 바랍니다.

동생　　 "언니, 왜 우린 가난해?"

언니　　 "음. 언니가 돈을 벌어야 하는데 그림만 그리고 있어서 그래."

동생　　 "왜 다른 일을 안 하고 그림만 그려?"

언니　　 "다른 일을 하면 너무 우울하거든.

　　　　　그래서 가난하더라도 그림 그리면서 사는 게 좋아."

가난하게 사는 것이 좋다는 말을 하고자 하는 것이 아닙니다.

내가 좋아하는 일에 최선을 다하면 틀림없이 우린 빛을 볼 수가 있습니다.

최소한 빛을 보지 못하더라도 즐겁게 일하면서 살 수는 있습니다.

미치도록 노력하는 자를 유일하게 앞설 수 있는 자는

그것을 '즐기는 자'입니다.

쌓아 두지 마시고 버리세요

이사를 하기 위해서 옷장을 정리했습니다.

옷들이 엄청나게 많더군요.

하나하나 꺼내서 버릴 옷을 추리다 보니 버리기가 싫어지더군요.

비싸게 산 옷……. 추억이 있는 옷…….

입지 않지만 보관하고 싶은 옷…….

이것저것 따지다 보니 하나같이 버릴 수가 없더군요.

그래도 입지 않는 옷을 모두 의류 수거함에 넣었습니다.

처음에는 아쉬웠는데 버리고 나니 마음도 가볍고 상쾌해졌습니다.

저에겐 쓸모없는 옷이지만 누군가에겐 작은 기쁨이 될 수도 있습니다.

마음을 비우는 것도 그렇습니다.

마음을 내려놓는다는 것이 처음에는 아깝고 아쉬울지 몰라도

과감하게 툭 내려놓아 버리면 정말로 홀가분해진답니다.

원망의 마음도 그리합니다. 용서해 준다는 것이 속상하고

싫을지 몰라도 놓아 버린 이상 우린 자유로워집니다.

우린 나에게 도움이 되지 않는 쓸데없는 것들을 너무 많이

담아 두고 사는 것 같습니다.

특히 과거의 그것들은 쓰레기 더미일 뿐입니다.

마음공부를 하면서 딱 하나 배운 것이 있습니다

초등학교 때부터 우울증에 걸려서 온갖

자기 계발이나 심리학책을 닥치는 대로 읽었습니다.

10년 동안 교회에 가서 기도를 했습니다.

여러 스승님 밑에서 깨달음을 얻으려고 많이도 기웃거렸습니다.

최면을 공부한 지 벌써 10년이 넘었습니다.

이상한 사이비 종교에도 빠져 봤습니다.

대학원에서 명상을 전공했으며 곧 박사 과정을 마치게 됩니다.

마음과 관련해서 이것저것 다 해 봤지만 이것 하나 건졌습니다.

"자신을 사랑합시다."

엄청나게 대단한 비밀이 숨겨져 있을 거라고 생각했는데

아무것도 없었습니다.

초등학교 때 책에서 읽어서 이미 알고 있던 내용이지요.

괴롭고 불쌍한 나에게서 벗어나려는 노력만 할 뿐,

진정으로 나를 사랑하고 그 사랑에 대해 온전한 실천을 하지 못한 겁니다.

그렇기에 이 우주와 같은 망망대해를 끝없이 방황하고 길을 잃고 헤맸습니다.

제 삶에도 명확한 목표가 생겼습니다.

이 우주에서 가장 소중한 존재로 나를 사랑해 주는 겁니다.

자신을 사랑하는 법을 잘 모르겠어요

그러면 이것 한 가지만 기억하시면 됩니다.

자신을 괴롭히지 않으면 됩니다.

1. 때리지 않기.

2. 비난하지 않기.

3. 과거의 잘못 용서해 주기.

4. "하지 마!" 보다는 "한번 해 봐."라고 말해 주기.

화장실 들어갈 때와 나올 때가 다릅니다

학창 시절에는 그렇게 공부하기 싫어하더니,
나중에는 "공부 좀 할걸."이라고 말합니다.

배고플 때는 "배고파 죽겠다."고 하고
배부를 때는 "배불러 죽겠다."고 합니다.

술 먹을 때는 즐거워하면서,
다음 날에는 한숨과 함께 깊은 후회를 합니다.

어릴 때는 나이 드는 것을 바랐는데,
나이가 들어서는 젊음을 다시 찾고자 애를 씁니다.

머리숱이 많을 때는 귀찮다고 하더니,
탈모가 생기고 나서는 한 오라기도 황금처럼 여깁니다.

"너 없으면 못 살아."라고 하더니
막상 살아 보니 "너 때문에 못 살아."라고 말하기도 합니다.

임신이 되지 않을 때는 아이가 간절하지만,
막상 아이를 기르다 보면 속상해 죽겠다고 합니다.

일이 많을 때는 너무 바빠서 힘들다 하고,
일이 없을 때는 너무 한가해서 힘들다고 합니다.

잠이 많은 사람은 "제발 잠 좀 없었으면……"하고
잠이 없는 사람은 "제발 잠 좀 잤으면……"이라고 합니다.

마음이 그렇습니다.
뭘 해도 불만족을 갖습니다.
그것의 감사함을 잊어버리고,
새로운 불만족거리를 찾아가면서 초심을 잃어버립니다.
지금의 내 모습에 만족하고 살아야 합니다.
어떤 대단한 것을 이루었다 한지라도
감사함이 없으면 밑 빠진 항아리와 같습니다.
감사하는 마음은 불만의 구렁텅이 속에서 우울해 하는 당신을
행복 세상으로 이끌어 줄 것입니다.

나는 불행할 수밖에 없었습니다

불우한 어린 시절을 보냈습니다.

조금 행복해지려면 금세 태풍이 몰려와서 나의 행복을 앗아갔지요.

어느 순간 "난 행복해 질 수 없어."라며 확신을 하게 되었습니다.

마음공부를 하면서 충분히 행복해 질 수 있는데

좀처럼 그 느낌을 찾기가 어려웠습니다.

어느 순간 저로서는 놀라운 사실을 알게 되었습니다.

겉으로는 행복을 원한다고 하지만

실제 깊은 무의식은 행복을 두려워하고 있었던 겁니다.

마치 늑대 소년이 사람들이 사는 세상보다

늑대 소굴에 익숙해져 버린 것처럼 말입니다.

왠지 행복하면 큰일이 날 것 같았습니다.

나 같은 나쁜 사람이 행복해지는 것은

큰 죄를 지은 것 같은 느낌이 들었습니다.

행복은 영원히 나와 어울리지 않는 옷 같았습니다.

행복 이후에는 불행이 올 것이기에

"차라리 불행한 것이 좋다."라고 생각했습니다.

그럴 바에는 우울하고 불행한 내 모습이 덜 불안하다고 믿어 버린 겁니다.

저 자신에게 행복을 주기보다는 불행한 나에게 먹이를 준 것이지요.

행복이라는 세상은 다가가기 어려운 무서운 세상이며,

불행이라는 세상은 아프고 고통스럽더라도

익숙해진 세상이 되어 버린 겁니다.

이 사실을 알았을 때 저 자신이 안쓰럽고,

또한 그렇게 대한 저에게 많이 미안했습니다.

지금은 저에게 행복이 두렵지 않다는 것을 꾸준히 알려 주고 있습니다.

큰 착각에서 벗어나고 보니 행복 세상이 생각보다 만만하게 보이더군요.

부정적인 사람들의 8가지 심리적 패턴

1. 죽느냐? 사느냐?

   (이분법적인 극단적 사고방식.)

2. 마땅히 ~해야 한다.

   (자기비판과 강박적 사고.)

3. 저 사람은 나를 싫어하는 게 분명해.

   (실제가 아닌 추측에 따른 자기 확신.)

4. 세상이 잘못되었다.

   (긍정적인 것을 스스로 외면.)

5. 어떻게 해야 하나요?

   (자신의 일에 남의 허락을 필요로 함.)

6. 전 아무것도 할 수 없어요.

   (스스로를 낙오자나 실패자로 간주함.)

7. 이거 안 되면 난 죽는다.

   (파멸적인 사고방식)

8. 인생 전체가 고통스러워요.

   (지금이 가장 힘들 때이지 삶 전체가 그런 것은 아님.)

100억대 재산을 가진 두 사람의 이야기입니다

A라는 사람은 마음이 울적해서 백화점에서 수천만 원어치 옷을 샀답니다.
기분이 좋아질지 알았는데 마음이 더 우울하고 불행하다며
저에게 하소연을 하더군요.

B라는 사람은 100억대 재산을 탕진한 사람입니다.
모든 재산을 잃었지만 오히려 지금이 가족들과 함께 할 시간이
많아져서 훨씬 더 행복하다고 하더군요.

참 아이러니하지요?

행복의 열쇠

약점이나 단점을 당당하게 말해 버리세요

사람의 심리는 약한 부분을 숨기려고 합니다.
그럴수록 피해 의식만 커져서
나의 약점을 건드리기만 해도 흥분하게 됩니다.

그것이 심해지면 대인 공포증이나 자기 혐오감이 나날이 커져만 갑니다.
어떻게 해서라도 그것을 숨기기 위한 삶을 살게 됩니다.
나중에는 거짓말까지 하게 됩니다.

그 단점을 커버하기 위해서 수많은 장점을 포장하듯 끌어 모으게 됩니다.
그런 사람들은 단점을 숨기기 위해서
잘난 척을 하니까 사람들이 싫어합니다.

나는 그것이 장점이라고 우길지 몰라도
사람들은 십중팔구 단점으로 보게 됩니다.
내가 먼저 단점을 솔직하게 말해 버리면
사람들은 그것을 장점으로 보게 됩니다.

장점이 많은 사람이 당당하고 멋있는 사람이 아니라,
단점조차도 떳떳하게 드러낼 수 있는 사람이 장점이 많은 사람입니다.

단점을 말한 이상,
앞으로는 당신에게 숨겨야 할 단점은 사라지게 된 겁니다.
당신이 행복하지 않은 이유는 단점이 많아서 그런 것이 아니라,
그 단점을 숨기고 엉뚱한 장점을 만들려고 하는데
소중한 시간을 보냈기 때문입니다.

나에게 당당해지세요.
단점을 자랑하듯 말해 버리면
당신은 더 이상 약점이 없는 멋진 사람이 될 겁니다.

행복의 열쇠

청명이 생각하는 불행한 사람들의 10가지 특징

1. 용서는 개나 줘 버려!
   - 불행한 사람들은 미움과 원한에 사로잡혀 있습니다.
   –

2. 귀찮아, 아무것도 하기 싫어.
   - 욕심만 많고 자신의 행복을 위한 씨앗을 뿌리지 않습니다.
   –

3. 이건 나와 맞지 않는 일이야.
   - 도전을 회피해 버리고 쉽게 포기해 버립니다.
   –

4. 그 사람은 완전 쓰레기야.
   - 타인을 험담하고 입으로 온갖 부정적인 언어를 담습니다.
   –

5. 난 잘하는 것이 하나도 없어.
   - 장점은 보지 못하고 평생 단점만 보고 살아갑니다.
   –

6. 인생 그냥 막가는 거야.
   - 즐거움과 쾌락에 탐닉하여 삶을 올바르게 준비하지 못합니다.
   –

7. 난 잘못한 것이 없어요.

 – 문제의 원인을 스스로 찾기 보다는 남 탓을 먼저 해 버립니다.

 –

8. 이건 이게 문제고 저건 저게 문제예요.

 – 해결할 생각은 하지 않고 불만만 말합니다.

 –

9. 전 꿈이 없어요.

 – 꿈이 없어서 지금 내가 무엇을 해야 할지를 모르게 됩니다.

 –

10. 감사할 일이 한 개도 없어요.

 – 자신의 인생이 불행하다고 쉽게 단정해 버립니다.

 –

* 빈칸을 당신만의 고운 언어로 바꿔 보시기 바랍니다.

한 번에 한 가지만 하세요

밥 먹을 때는 밥 먹는 것에만 집중하세요.

놀 때는 노는 것에만 집중해서 즐기세요.

일할 때는 일하는 것에만 집중하세요.

짜장면을 먹을 때 짬뽕 맛을 그리워하면 안 되고,

짬뽕 먹을 때 짜장면 맛을 그리워하면 안 됩니다.

인간의 마음은 한 번에 두 가지를 할 수가 없습니다.

두 가지, 세 가지를 하려다가는 온갖 생각과

근심 걱정이 파도처럼 밀려옵니다.

잡생각 없이 살고 싶나요?

고민 없이 행복하게 살고 싶나요?

그러면 지금 하는 일에 집중하시기 바랍니다.

Do it now! 당장 하세요!

진짜 마음 가짜 마음

제2장

치유의 열쇠

나를 바보 취급하지 마세요

첫째 아이는 바보입니다.

둘째 아이는 천재입니다.

나는 둘째만 좋아하고 첫째 아이를 창피해 합니다.

손님이 찾아오면 첫째 아이에게

"지하실에 숨어 있어."라며 문을 닫아 버립니다.

그리고 둘째 아이를 사람들에게 자랑합니다.

당장은 잘 숨긴 것 같지만 항상 마음이 불안하고 초조하기만 합니다.

혹시나 첫째 아이가 나타나지 않을까?

사람들이 첫째 아이가 갇혀 있다는 사실을 눈치채지 않을까?

나는 정말 나쁜 엄마인가?

언제까지 이렇게 숨기고 살아야 하는가?

그렇게 가면을 쓰고 살다 보면

평생 불안감과 죄의식은 당신을 따라다니게 될 겁니다.

우리가 해야 할 일은?

지하실의 열쇠를 열고 당당하게 첫째 아이를 사람들에게 보여 주는 겁니다.

"우리 첫째는 공부는 조금 못해도 참 순수하고 착하답니다."

"저는 누가 뭐라 해도 이 아이가 너무나 사랑스럽고 감사하답니다."

우리를 행복하게 해 줄 아이는 첫째 아이입니다.

그 아이가 지하실에서 나오는 순간

애벌레가 나비가 되듯 우리를 행복으로 이끌어 줄 겁니다.

우리가 그토록 좋아하던 둘째 아이는 당신의 아이가 아닐 수도 있습니다.

그저 첫째 아이가 싫어서 가상의 공간에 둘째 아이를 만들어 버린 겁니다.

나를 바보 취급하지 마세요.

그러면 내 아이를 버리고 남의 아이를 찾아가는 삶을 살게 됩니다.

나를 있는 그대로 사랑하고 존중해 줄 때

마음의 문이 열리고 우린 당당하게 살 수 있습니다.

치유의 열쇠

자신에게 주는 최고의 선물은 용서입니다

언제까지 미워하고 살아야 할까요?

복수는 또 다른 복수를 낳게 됩니다.

진정으로 멋지게 복수하고 싶다면

더 이상 내가 당하지 않도록 힘을 키우거나,

더 이상 악연을 갖지 않도록 그 사람을 마음에서 떠나보내 주는 겁니다.

과거는 이미 끝난 이야기입니다.

여전히 현재에 머물러서 우리의 오늘과 내일을 망쳐서는 안 됩니다.

날 위해 그냥 놓아주는 겁니다.

원망을 담고 사는 것은 노예와 같은 삶입니다.

잡고 있던 풍선을 놓아 버리면 저 하늘 높이 올라가서 사라집니다.

꼭 쥐었던 주먹을 풀어 버리면 내 두 손을 자유롭게 움직일 수 있습니다.

이제 자신을 위해서 원망했던 그들과 상처받은 나를 용서해 주는 겁니다.

"안녕, 나의 슬픔아!"

"이젠 널 보내 줄게"

"좋은 곳에 가서 아픔 없이 행복하게 살아라."

"이제 날 위해 좋은 세상 만들어 가 보자."

진짜 마음 가짜 마음

자신에게 할 수 있는 모든 욕을 해 보세요

얼마 전 강의 시간에 두 가지 자기 최면을 시켜 봤습니다.
첫 번째는 눈을 감고 자신에게 할 수 있는 모든 욕을 하는 겁니다.
1분 동안 온갖 악담을 퍼붓고 나서
1분 동안 몸과 마음의 변화를 지켜보도록 했습니다.

절반 이상은 하다가 포기해 버렸습니다.
몸과 마음이 찢기는 그 고통을 체험하는 순간 엄청나게 놀란 겁니다.
그리고 두 번째는 1분 동안 내가 할 수 있는 최고의 칭찬을 하고 나서
1분 동안 몸과 마음의 변화를 지켜보도록 했습니다.
두 번째 실험은 시간이 지났는데도
더 하자고 해서 10분 이상을 더 했습니다.
왜냐하면 너무나도 기분이 좋고 즐겁기 때문입니다.

한번 해 보세요.
속으로든 겉으로든 내가 하는 모든 생각과 말을
내 몸과 마음 그리고 영혼이 어떻게 듣고 반응하는지
직접 체험해 보시기 바랍니다.
그것을 체험한 사람은 결코 자신을 비난할 수가 없게 됩니다.
나를 죽이고자 하는 사람은 없을 테니까요.

친구들이랍니다

애정 결핍 = 욕심 = 집착 = 두려움 = 우울증 = 대인 공포증 =
불안 장애 = 자기 학대 = 불면증 = 공황 장애 = 불행

사랑이 부족하면 사람에게 사랑받으려고 하거나,
물질적인 **욕심**을 부리게 됩니다.
그래서 그것이 보석인양 **집착**하게 됩니다.
그러나 그것이 내 것이 되지 않을 때 심한
두려움과 공포를 느끼게 됩니다.
그래서 어린아이 마냥 삶이 **우울**해집니다.
스스로 위축되어 있기에 사람들을 만나는 것을
무서워하는 **대인 공포증**이 나타납니다.
그것이 반복되면 심각한 **불안 장애**를 겪게 되지요.
그런 나 자신이 미워지면서
심리적 신체적인 **자기 학대**를 시작하게 됩니다.
나를 괴롭히면 저녁에 편안한 **잠을 잘 수가 없습니다.**
몸과 마음의 균형이 깨지면서 죽을 것 같은
공황 장애를 겪으면서 삶이 불행해집니다.

이 친구들은 어떤 하나가 원인이 되어서 발생하는 것이 아니라,

동시다발적으로 함께 진행됩니다.

다 다른 것 같지만 그 뿌리는 하나에서 시작되지요.

이 험난한 고리를 끊는 유일한 길은 자신을 사랑하는 겁니다.

그래서 저는 인간의 모든 문제의 원인을 바로

애정 결핍이라고 말을 합니다.

제가 이 문제들을 다 겪어 보면서

결국 '사랑하지 못한 나'를 발견하게 되었습니다.

치유의 열쇠

나쁜 기억을 지우고 싶어요

나쁜 기억을 지워 버리거나 칼로 도려내고 싶어 합니다.

그러나 그것은 불가능합니다.

아니, 그래서는 안 됩니다.

그 기억이 당신을 그동안 괴롭게 했겠지만 그 조차도 내 삶의 일부입니다.

그것은 제거의 대상이 아닙니다.

없애고 죽여야 할 괴물이 아닙니다.

저도 죽이기 위해서 내 마음속으로 들어가서 수많은 난도질을 해 봤습니다.

몇 년을 하다가 잠시 지쳐서 포기하려는 순간 무의식에서 벌벌 떨고 있는

어린 꼬마가 벌벌 떨면서 나에게 이렇게 말하더군요.

"형, 살려 줘, 나 무서워."

제가 그토록 없애려고 했던 그 기억(상처)은 상처받은 제 모습이더군요.

그래서 더 이상 미워하지 않기로 했습니다.

이젠 두 번 다시 제거하지 않겠다고 마음먹었습니다.

그때부터 아이는 불안해하지 않았습니다.

덕분에 저도 행복해졌습니다.

진짜 마음 가짜 마음

생각 좀 그만하고 사세요

현대인들의 30% 이상이 불면증에 시달린다고 합니다.
이유야 여러 가지가 있겠지만 결국 생각이 많아서 그럴 겁니다.

비좁은 머릿속에 온갖 잡동사니 근심 걱정을 담고 살기 때문에
저녁에 잠을 자려는 순간, 이것들이 나의 숙면을 훼방 놓게 됩니다.
쉽게 말하면 내가 마음의 공간에서 쉴 수 있는 틈이 없다는 겁니다.

내 집에 쓰레기 더미들이 가득 차면 온갖 악취와 짜증이 몰려오게 됩니다.
이런 부정적인 생각들은 두려움(불안, 공포)과 연결이 되어 있습니다.
왜 두려울까요?

당신은 겁을 먹고 용기 있게 행동하지 못해서 그렇습니다.
생각 속에 빠지기보다는 그 생각을 펼칠 수 있는 용기가 필요합니다.
이제 움직여 보세요.

생긴 대로 사세요

자신의 능력을 과대평가하면 이를 과대망상 장애라고 합니다.
정신이 허공에 떠 있는 듯 항상 불안하고 초조합니다.

자신의 능력을 과소평가하면 이를 우울증이라고 합니다.
정신이 땅에 박힌 듯 아무것도 할 수가 없습니다.

생긴 대로 살면 하늘에서 도망 다닐 필요도 없고,
땅속에 박혀서 눈치 볼 필요도 없습니다.

자신을 과하게 아니면 부족하게
포장하려는 순간 고통이 찾아오는 법입니다.
그냥 있는 그대로의 그 모습이 가장 사랑스럽고 아름답습니다.

책으로 모든 것을 얻을 수는 없습니다

영어 단어 외우고 수학 공식을 외우는 것은 학창 시절에만 필요합니다.
그 이후는 지식이 아닌 다양한 체험을 바탕으로 살아가게 됩니다.
많은 분이 마음과 관련된 수십 권의 책을 읽었는데도 변화가 없다면서
하소연을 합니다. 나중에는 이런 말까지 합니다.

"머리로는 저도 아는데 그게 안 돼서 미치겠어요."
그러면서 저에게 더 좋은 책을 추천해 달라고 합니다.
결국 변화되지 않는 자신을 비난하고 자책하는데
소중한 에너지를 낭비하곤 하지요.
책을 통해서 우리는 배웁니다.
그 배움을 바탕으로 행동으로 옮겨야 합니다.
머리는 알았지만 실천이 되지 않으면 그 책 속의 지식은 죽은 지식입니다.

제 책이 단지 머리만 기쁘게 해 주는 수단이 된다면
냄비 받침대로 사용하는 용도로써 더 좋을지도 모릅니다.
머릿속의 지식은 이미 충분합니다.
열 개를 알지만 하나도 실천하지 못하는 위대한 학자보다,
한 개를 알지만 그것을 온전히 실천할 수 있는
범부가 더 성숙한 사람이 아닐까요?

우유부단한 성격의 문제점

남들이 보기에는 참 좋아 보일 수가 있는 성격입니다.
왜냐하면 자기주장을 하지 않고
타인이 원하는 대로 잘 맞춰 주기 때문입니다.

전형적인 친절한 사람의 유형이라 할 수 있습니다.
물론 마음이 바다처럼 넓어서 상대를 배려한다면
인격적으로 훌륭한 사람입니다.

그러나 대부분 참습니다.
왜 할 말도 못하고 끙끙 앓듯이 참을까요?

책임을 져야 할 것 같은 두려움,
욕먹을 것 같은 두려움,
자기 선택의 불확실성,
또 하나의 보이지 않는 마음 '책임 전가'

그래서 우유부단한 사람을 무책임하다고 말합니다.
그것은 고쳐지지 않아요.

오늘부터 나 스스로 결정하고 책임을 져야 합니다.
이제 음식점에 가면 '아무거나'라고 말하지 말고,
내가 좋아하는 음식을 당당하게 시켜 보세요.

타인을 배려하는 것도 좋지만 자기 생각을 정확하게
전달하는 것은 더욱더 중요합니다.
내 인생을 타인이 결정해 주도록 기다리는 것은
가장 사존심 상하는 일이랍니다.

남들에게는 천사처럼 보일지 몰라도
자신에겐 악마처럼 대한다면 그건 좀 이상하지요?

몸의 증상에 대해서 감사히 여기세요

몸에 이상이 있으면 그때부터 고통이 시작됩니다.
그때부터 우린 증상을 제거하기 위해서
모든 수단과 방법을 가리지 않습니다.

우는 아이를 때려서 울음을 그치게 하는 것이 최선일까요?
만병의 근원은 스트레스라고 말합니다.
그동안 마음과 몸을 잘 관리하지 못해서 어느 부분이 고장이 난 것이지요.

사람들은 무의식을 알고 싶어 합니다.
저는 '무의식 = 몸'이라고 말을 합니다.
마음은 우리가 맘만 먹으면 속일 수가 있지만
몸은 본능에 충실하기에 참 정직합니다.

몸에 증상이 있다는 것은 무의식이 나에게 고통을 주려는 의도가 아닌,
나에게 "주인아, 이제 그만해. 그러다 큰일 날 거야."라고
애원을 하는 것입니다.

그래서 몸에 증상이 나타난 것은 참 감사한 일입니다.
나를 살릴 기회를 준 것이니까요.

자꾸 그것을 무시하고 자기 욕심에 사로잡혀 살다가는
더 큰 병에 걸릴지 모릅니다.

"그래, 미안해. 이제 그만할게."

나중에는 아무리 용서를 구해도
뒤늦은 후회만 남는 순간이 찾아올 수도 있습니다.
암이나 큰 질병에 걸리고 나서는 누구나 깨닫습니다.
진정 큰 깨달음은 무모한 과속 질주(자기 학대)를 당장 멈추는 것입니다.

치유의 열쇠

외롭지 않으세요?

그것은 스스로 마음의 문을 닫아 버렸기 때문입니다.

마음을 열면 온 세상을 다 받아들이다가도,

마음을 닫으면 바늘 하나 꽂을 자리가 없어집니다.

누가 나를 찾아오도록 기다리지 말고 문을 열고 내가 찾으러 가야 합니다.

주변에 사람이 없어서 외로운 것이 아니라,

내가 그들을 모두 차단했기 때문입니다.

다가오기를 기다리지 마시고 먼저 다가가 보세요.

어릴 때 순수한 마음처럼

"야, 나랑 친구하자!"라며 먼저 손을 내밀어 보십시오.

진짜 마음 가짜 마음

말이 씨가 됩니다

자주 사용하는 부정적인 언어들을 일기장에 적어 보세요.
귀찮아, 짜증 나, 화가 나, 다 싫어,
아무것도 하기 싫어, 힘들다, 듣기 싫어, 우울해…….

말 한마디 한마디가 우주에 전달됩니다.
마치 내가 그런 소원을 비는 것처럼 말입니다.
우주는 나의 간절한 그 소원을 들어주게 될 겁니다.

언어가 생각을 만들고, 생각이 마음을 만들고, 마음이 행동을 만들고,
행동이 습관을 만들고, 습관이 성격을 만들고,
성격이 운명을 만든다고 합니다.
이제 내가 원하는 긍정적인 언어를 우주에 보내 볼까요?

지난 일을 떠올리지 마세요

과거에 행복했던 순간을 떠올리면 잠시 기분 좋을지 몰라도,

오늘 현실의 내 모습이 더 초라해질지도 모릅니다.

과거의 불행했던 순간을 떠올리면 짜증이 나고 화가 나면서,

지금의 내 모습이 더욱더 꼴도 보기 싫어질지 모릅니다.

지금 할 수 있는 것들을 찾아서 최대한 즐겁게 사는 것이 행복이랍니다.

어제의 좋은 기억은 그림의 떡입니다.

어제의 나쁜 기억은 썩은 음식입니다.

지금을 사세요.

그러면 김이 모락모락 나는 가장 맛있는 음식을 맛보게 되실 겁니다.

완벽주의를 고치려면 어떻게 해야 하나요?

어떤 30대 여성이 완벽주의를 고치고 싶은데
어떻게 해야 할지 문자가 왔습니다.
그래서 저는 짧게 답변을 보냈습니다.

"나 스스로 부족하다는 것을 인정하고 받아들이시면 됩니다."

언 발에 오줌 누기

두통이 생기면 곧바로 약국으로 달려가서 두통약을 먹습니다.
가슴이 답답하면 주먹으로 가슴을 마구 때립니다.
잠이 안 오면 곧바로 수면제를 먹어 버립니다.
스트레스 받으면 과한 음식(술, 담배)을 섭취해서
정신을 바보로 만들어 버립니다.

이런 방법은 자신을 치유하기보다는 미봉책에 불과합니다.
두통이 있다는 것은 머리를 너무 많이 써서 과부하가 되었다는 소리입니다.
가슴이 답답하다는 것은 그동안 너무 참으면서
내면의 소리를 듣지 않는 겁니다.

잠이 안 온다는 것은 그동안 자신을 끝없이 괴롭혔다는 겁니다.
스트레스를 받았다는 것은 자신을 지키지 못했다는 겁니다.

고통을 탓하기보다 고통을 준 자신을 먼저 탓해야 합니다.

열등감은 왜 생길까요?

전교 1등을 하는 아이는 열등감이 없을까요?
1등을 하기 위해서 미친 듯이 달려간다면
오히려 열등감이 많아서 그런 것이 아닐까요?

자기 삶에 만족을 하지 못하기에
스스로 열등하다면서 채찍질을 하게 됩니다.

경쟁에서 이겨야 승자가 되고 경쟁에서 지면
패자가 된다는 사고방식이 우리를 병들게 합니다.

당신이 남들보다 부족해서 열등감이 생기는 것이 아니라,
있는 그대로의 자신을 인정해 주지 않기 때문에 그런 것입니다.
당신은 그 무엇과도 대체할 수 없는 이 세상에서 가장 우등한 존재입니다.

우울증은 습기와 같습니다

음식에 습기가 차면 곰팡이가 핍니다.
바삭바삭하던 과자도 습기가 차면 눅눅해집니다.
방도 습기가 차면 냄새가 나고 분위기가 어두워집니다.

우울증도 마음이 어둡고 차가운 곳에 갇혀서 습기가 찬 것과 같습니다.
우리의 몸까지 축 늘어지고 흐물흐물 무기력해집니다.

습기를 제거하는 방법은 밝은 태양 빛을 쏘여 주는 겁니다.
집 안에 가만히 있지 말고 이제 밝은 곳으로 나가시기 바랍니다.

어두운 방 안에 갇히지 말고 시간 날 때마다 밝은 태양을 바라보면서
축축해졌던 내 마음을 말려 보세요.

진짜 마음 가짜 마음

강박증은 불신 덩어리입니다

내 눈으로 본 것도 믿지 못하고 재차 확인합니다.

내 귀로 들은 것도 믿지 못하고 엉뚱하게 왜곡합니다.

남이 아무리 올바른 말을 해 줘도 듣질 않습니다.

온통 의심의 생각과 망상 속에서 살아갑니다.

우물 안 개구리처럼 본인이 보는 세상이 전부인 양 착각하곤 하지요.

무엇이든 한 번 확인했으면 곧이곧대로 믿어 주세요.

두 번, 세 번 확인한다고 해서 달라질 것은 없습니다.

오히려 불신의 늪만 가득해질 뿐입니다.

아들이 울면서 "저 훔치지 않았어요."라고 말하면

"그래, 널 믿어 줄게."라고 해야 합니다.

"너 정말 훔치지 않았어?"라고 자꾸 의심하면

아들은 점점 더 병들어 갑니다.

자신을 신뢰하세요.

내가 나를 불신해 버리면 세상 모든 것들이 거짓으로 비치게 됩니다.

조울증은 욕심꾸러기입니다

도대체 만족이라는 것을 모릅니다.

한 번 좋으면 그것이 영원하기를 바라기 때문에 그것이 사라질까 걱정하고,

한 번 나빠지면 그것이 영원히 고통이 되지 않을까 걱정합니다.

온통 근심 걱정 속에서 살기 때문에 삶이 불안합니다.

결국 항상 불안합니다.

욕심이라는 못된 친구가 나를 가만히 놔두지 않습니다.

그 욕심을 도저히 채울 수 없을 때 심각한 절망감에 빠져들게 됩니다.

욕심은 영원히 채울 수가 없습니다.

밑 빠진 독과 같습니다.

남의 것 그만 욕심 부리고,

내 안의 배고픈 아기에게 맛있는 음식을 먹어 주세요.

공황 장애는 독재자와 같습니다

지칠 대로 지친 내 몸과 마음을 상대로 채찍질을 하게 되면 어떨까요?
숨이 막히고 죽을 것 같은 심한 공포심을 느끼게 될 겁니다.
마음 깊은 곳에서는 살려달라고 애원을 해도 듣는 척도 하지 않습니다.

독재자처럼 자기 맘대로 통치하려고 하다 보니,
마음속의 수많은 백성이 못살겠다고 투쟁 아닌 투쟁을 할 수밖에 없습니다.
결국 독재자는 무너지게 될 겁니다.

이제 독재를 멈추고 내 몸과 마음의 행복을 위해서 귀 기울여야 합니다.
백성들의 마음 하나하나를 듣고 이해해 주면 올바른 통치자가 될 겁니다.
싸워서 이기는 방법보다 손잡고 화해하는 길이 가장 아름답습니다.

치유의 열쇠

발표 불안은 엄마의 잔소리와 같습니다

조금만 실수를 해도 버럭 화를 내면서 질책을 하면 기분이 어떨까요?
비슷한 상황에 놓이게 되면 "실수하면 어쩌지?"라는
생각이 들면서 미리 불안해집니다.
누군가가 자꾸 잔소리를 하면 자신감이 떨어지고
하기도 전에 심리가 붕괴됩니다.

여러분 스스로가 칭찬은커녕 시도 때도 없이 잔소리하고 비난하기 때문에
사람들 앞에 서는 순간 온갖 불안과 두려움 속에 갇힌 나머지
벌벌 떨게 됩니다.

잔소리 좀 그만하세요.
조금 부족해도 수고했다고 칭찬해 주면 다음부터는 더 잘할 겁니다.
못한다고 해서 괴롭히기보다는 잘할 수 있도록
아낌없이 칭찬해 주시기 바랍니다.

중독은 악마의 속삭임입니다

머리가 아픕니다.

시간이 갈수록 더욱더 아파지며 미칠 것 같습니다.

그래서 주먹으로 자신의 머리를 때렸습니다.

순간 통증이 사라지면서 머리가 아프지 않은 겁니다.

그때부터 그 사람은 두통이 생길 때마다 주먹으로

자신의 머리를 때리곤 했습니다.

한 번 때렸는데 시원하지 않아서 때리고 또 때렸습니다.

점점 횟수는 많아지고 어느 순간 하루 종일

자신의 머리를 때릴 수밖에 없습니다.

그 순간만큼은 두통에서 해방되기 때문입니다.

이제는 자신을 때리는 것조차도 멈출 수 없습니다.

중독은 그런 것입니다.

처음에는 달콤해 보일지 몰라도

결국 내 삶을 파괴시키는 악마의 속삭임입니다.

성형중독, 약물(마약) 중독, 알코올 중독, 게임 중독 등이

그 순간 즐거움을 주겠지만,

나중에는 그것을 하지 않으면 죽을 것 같은 괴로움을 느끼게 됩니다.

그렇게 우리는 악마에게 세뇌되어 노예가 되고 있는 거지요.

상처가 많은 당신이 얻게 되는 세 가지 이득

마음의 상처는 지옥을 경험한 것처럼 참 괴롭습니다.

그것이 당장은 당신에게 마이너스가 될지 몰라도 마음의 상처 없이 살아온 이들에 비해서 당신은 다음의 세 가지 놀라운 선물을 받게 될 것입니다.

1. 인생의 바닥을 경험한 당신은

   더 이상 내려갈 곳이 없기에 무서울 것이 없습니다.
2. 당신의 간절한 마음은 하늘을 움직일 정도로

   절박하기 때문에 하늘의 도움을 받게 됩니다.
3. 진정한 행복과 즐거움을 뼈저리게 알기에

   그것을 크게 누릴 자격이 부여됩니다.

많은 평범한 사람들은 이 세 가지를 얻기 위해서 고군분투합니다.

당신에게 상처는 남들보다 조금 일찍 시작되었을 뿐입니다.

그것이 당신 삶을 파괴하는 요소가 아닌,

하늘의 선물을 일찍 받을 수 있는 기회를 얻은 겁니다.

상처의 씨앗은 어느 곳에서도 뿌리를 내릴 수 있는 강한 생명력을 갖게 됩니다.

좌절하고 절망하지 마시고 이제 하늘이 준 소중한 기회를 잡으시기 바랍니다.

아픈 만큼 성숙한다고 합니다.

당신은 누구보다 멋지고 성숙한 사람이 될 것입니다.

이 세상에서 가장 쓸데없는 걱정들

'노먼 빈센트 필' 박사는 '쓸데없는 걱정'이라는 글에서
한 연구 기관의 조사를 인용해 다음과 같이 밝혔습니다.

1. 실제 일어나지 않는 사건에 대한 걱정 → 40%
2. 이미 지나간 과거 사건에 대한 걱정 → 30%
3. 별로 신경 쓰지 않아도 될 사건에 대한 걱정 → 22%

무려 92%는 쓸데없는 걱정이라 할 수가 있습니다.
나머지 8% 중의 4%는 우리가 걱정을 바꿔 놓을 수 있는 것이고,
또 다른 4%는 우리 힘으로는 바꿔 놓을 수 없는 것이라 합니다.
결국 우리는 96% 쓸데없는 걱정을 하면서 불행을 자초한 듯싶네요.
1,400g밖에 되지 않는 우리의 뇌는
신체에너지의 40~50%를 사용한다고 합니다.
여러분의 쓸데없는 걱정들이 뇌의 용량을
다 써 버리면 휘발유 없는 자동차와 같습니다.
92%의 무한한 에너지를 나의 발전과 성공을 위해서
과감하게 활용하시기 바랍니다.

과거의 상처를 끝내는 법

과거의 상처가 사라지지 않는 이유는

과거의 상처라는 배고픔을 현재 채워 주지 못해서입니다.

그렇기 때문에 자꾸 과거 속의 자신이 밉고 속상하고 안타까운 법입니다.

더 이상 과거를 보면서 괴로워하고 집착하지 마시고,

그런 아픔과 상처를 지금부터 따뜻하게

채워 주는 것이 그것을 멈추는 길입니다.

부모로부터 사랑을 받지 못했다면 지금부터

내가 따뜻한 부모가 돼서 나를 아껴 주세요.

과거에 돈이 없어서 배부르게 밥을 못 먹었다면

이제라도 맛있는 음식을 자주 먹여 주면 됩니다.

친구들로부터 왕따를 당했다면

내가 나를 왕따 시키지 않고 친구처럼 놀아 주면 됩니다.

과거에 칭찬을 받지 못해서 자존감이 약해졌다면

오늘부터 나에게 무한한 칭찬을 해 주면 됩니다.

과거에 남을 위한 삶을 살았다면 이제부턴 나를 위한 삶을 살면 됩니다.

진짜 마음 가짜 마음

과거 속의 상처는 먹지 못한 빵과 같습니다.

많은 사람들로부터 받은 상처와 아픔이

고스란히 배고픔으로 남아 있는 겁니다.

그러나 과거 속의 그들은 더 이상 아무것도 나를 채워 줄 수가 없습니다.

설령 채워 준다 한들 결코 나의 배고픔은 채워지지 않습니다.

유일하게 그것을 채워 줄 수 있는 존재는 바로 여러분입니다.

지금부터 그 아픔을 대신해 주는

수호자가 되어 오늘부터 맛있는 빵을 선물해 주세요.

치유의 열쇠

내 안 수많은 나를 어떻게 하실래요?

내 안에는 나 혼자만 있는 것 같지만
무수한 친구들로 이루어져 있습니다.
누군가를 사랑하게 되면
그 사람이 내 가슴으로 들어오게 됩니다.
누군가를 죽도록 미워하면
그 사람의 모든 것이 내 가슴으로 들어오게 됩니다.

눈이라는 렌즈로 좋은 모습을 보면 가슴이 밝게 피어오르지만,
눈이라는 렌즈로 온통 나쁜 모습을 보면
가슴이 지저분한 그림들로 가득 찹니다.

귀로 좋은 소리를 많이 들으면 가슴에서 즐거운 멜로디가 흘러나오지만,
귀로 나쁜 소리를 많이 들으면 가슴에서 온갖 비난과 욕설이 들리곤 합니다.
몸이 즐거움을 자주 겪으면 세포 하나하나가 새싹처럼 파릇파릇하지만,
몸이 괴로움을 자주 겪으면 내 안의 세포 하나하나가 무기력해집니다.
이처럼 우린 살아가면서 무수한 것들을 내 안으로 불러들이고 있습니다.

진짜마음 가짜마음

좋은 친구들과 함께하면

내 마음속에서 즐거운 시간을 보낼 수 있는데,

나쁜 친구들과 함께하면

그곳은 지옥처럼 괴로운 시간을 보낼 수밖에 없습니다.

이젠 보내 줄 것은 보내 주고 용서해 줄 것은

용서해 주고 화해할 것은 화해를 해야 합니다.

부정적인 것을 담아 두는 것은 평생 역한 똥 냄새를 맡는 것과 같습니다.

내 눈과 내 귀와 내 코와 내 혀로 기분 좋은 친구들을 불러오세요.

우리 몸과 마음과 영혼은 그것을 원한답니다.

치유의 열쇠

머리와 가슴이 따로 놀아서 참 힘들지요?

그동안 수없이 생각만 해서 그렇습니다.

알고 있는 것을 직접 체험해 보지 못했기 때문에

두려움에 벌벌 떨고 있는 겁니다.

번지 점프대 위에 서게 되면 수많은 잡생각이 나를 붙잡으려 할 겁니다.

방법은 딱 한 가지입니다.

두 팔을 활짝 펴고 하늘을 날아 보는 겁니다.

그러면 두려움이 나에게 새로운 즐거움으로 다가오게 될 겁니다.

진짜 마음 가짜 마음

집착하지 마세요

자신의 머리카락을 위해 매일 샴푸는 하지만,

머리카락이 떨어지면 쓰레기 취급을 합니다.

손톱을 아름답게 만들기 위해서 네일아트를 하지만,

손톱이 부러지면 더럽다고 버립니다.

음식을 먹을 때는 사랑스러운 눈빛을 보내지만,

대변으로 나올 때는 혐오스럽게 바라봅니다.

이 둘은 하나입니다.

좋을 때는 죽도록 좋아하고,

싫을 때는 죽도록 싫어하는 그 마음이 우리를 괴롭힙니다.

내 마음에 든다고 해서 마약을 먹듯 그것에 취하지 말아야 하며,

내 마음에 안 든다고 해서 독을 먹듯 그것을 멀리하지 말아야 할 것입니다.

그 둘은 하나입니다.

좋고 나쁨은 없습니다.

있는 그대로 자연스럽게 받아들이면

이것도 좋고 저것도 좋아지는 법입니다.

그러면 화날 일도 슬플 일도 괴로울 일도 그만큼 사라지게 될 겁니다.

눈물을 참지 마세요

여러분은 외로워도 슬퍼도 울지 않는 캔디가 아닙니다.

우는 아기의 울음을 그치기 위해서 화를 내면 됩니다.

"울지 마!"라고 겁을 줘서도 안 됩니다.

그러면 그 아기는 나중에 속 시원하게 우는 법을 잊어버리게 됩니다.

눈물은 영혼을 치유하는 생명수입니다.

자꾸 강해지려고 하지 마시고

자기감정을 순수하게 받아들이는 연습을 해 보세요.

자꾸 눈물을 참다 보면 나중에는 가슴(마음)의 문이 닫혀 버립니다.

그러면 나중에 인간미가 없어지면서 딱딱한 로봇이 되어 버립니다.

그때 꼭 이런 말을 합니다.

"속 시원하게 울고 싶어요."

"저는 제 감정을 잘 모르겠어요."

착하게 살아요

도둑놈은 항상 마음이 불안하다고 말을 합니다.

경찰이 24시간 자신을 감시하고 쫓아다니기 때문입니다.

남을 비방하고 험담하는 사람은 사람의 말을 믿지 못하고 항상 의심합니다.

사람들이 나에 대해서 안 좋은 말을 할 거라고 눈치를 볼 수밖에 없습니다.

내 이익을 위해서 남에게 피해를 주는 사람은 두려움이 많습니다.

다른 사람도 나에게 피해를 준다고 생각하기에

모든 것이 무서울 수밖에 없습니다.

당장의 이익과 쾌락을 위해서 살다 보면

마음속의 두려움이 커지면서 사악해집니다.

그럴수록 당신의 고운 눈빛은 점차 혼탁해지면서 초점을 잃어 갑니다.

착하게 사는 것은 단순합니다.

남에게 피해를 주지 않으면 됩니다.

공자의 말에 의하면 착한 일을 한 사람에게는 하늘이 복을 주고,

악한 일을 한 사람에게는 하늘이 벌을 준다고 합니다.

두려움이라는 적과 싸워 이기는 법

산에 나무를 하러 갔는데 그만 날이 어두워져 버렸네요.

그런데 갑자기 동굴에서 "어훙!" 하고 호랑이가 나타난 겁니다.

여러분 같으면 이 상황에서 어떻게 반응할까요?

생각만 해도 무섭죠?

그 자리에서 얼음처럼 굳어 버리거나 당장

"걸음아, 나 살려라!" 도망을 가게 될 겁니다.

그런데 나무꾼은 나무를 팔아서 병든 어머니를 살려야 합니다.

동굴을 지나치지 않고서는 어머니에게 갈 수가 없는 상황입니다.

진짜 마음 가짜 마음

용기 내어서 "네가 죽나, 내가 죽나!"라는 맘으로

몽둥이를 들고 동굴 속으로 들어갔습니다.

막상 들어가 보니 호랑이 울음소리는

바람이 동굴을 통과하면서 나는 소리였던 겁니다.

호랑이 모습은 나뭇가지가 흩날리며 비친 그림자였던 겁니다.

이처럼 두려움은 실제가 아닌 환상입니다.

내가 눈을 감아 버리고 두려움에 벌벌 떨고 있기에
여전히 내 마음속엔 호랑이가 살고 있는 겁니다.
죽고자 하면 살 것이고, 살고자 하면 죽을 것이다.
두려움은 극복의 대상일 뿐입니다.

한 번만 멋지게 도전해 보십시오.

가장 무서운 적은 눈앞의 호랑이가 아니라,
두려움에 떨고 있는 바로 내 마음입니다.
평생 도망 다니며 살기엔 인생이 너무 아까울 것 같습니다.

치유의 열쇠

자신에게 빌어본 적이 있나요?

많은 이들이 기도도 하고 명상도 하고

자신을 치유하기 위해서 많은 노력을 합니다.

그렇게 열심히 해도 마음의 변화는커녕 더 답답해지는 경우가 있을 겁니다.

왜 그럴까요?

많은 사람을 상담하면서 그들의 공통점 한 가지를 발견했습니다.

참 이기적이라는 겁니다.

남들에게는 선하고 착할지 몰라도 자신에게 만큼은

잔인하리만큼 무서운 폭군과 같다는 겁니다.

작은 실수에도 자신을 책망하고 비난해 왔습니다.

우울증에 걸려서 하루하루를 시체처럼 살아왔습니다.

속상하고 화날 때 매일 술을 먹어 가면서 버텨 왔습니다.

수많은 고민거리를 해결하지 못한 채 저녁 내내 불면증에 시달려 왔습니다.

심리적인 문제를 스스로 해결하기보다는 기적의 알약을 찾아 헤맸습니다.

나를 존중하기는커녕 인간 이하의 존재처럼 여기기도 했을 겁니다.

그런 수많은 내 마음의 고통과 상처를 모른 체한 상태에서

대단한 수행을 하고 기도를 한다고 해서

그 마음의 상처가 마술처럼 치유가 될까요?

전 아니라고 봅니다.

내가 동생을 매일 때려 놓고 나서 "너 왜 그래? 이젠 안 때릴 테니 겁먹지 마."

라며 무책임하게 끝내려고 하는 것은 아닌가요?

제가 그랬습니다.

조금만 속상하고 화날 때 내 손바닥으로 내 뺨도 때리고 가슴도 때리고

수많은 욕설과 폭언을 내 영혼에게 던져 버렸습니다.

혼자 조용히 명상을 하는데 어떤 꼬맹이를 보게 되었습니다.

내 눈치를 보며 벌벌 떨고 있는 상처받은 내면아이였던 겁니다.

너무나도 미안하고 불쌍하더군요. 눈물을 펑펑 흘렸습니다.

그날부터 매일 저녁 30분씩 그 어린 꼬맹이에게

용서해 달라고 빌고 또 빌었습니다.

30일 정도 하고 나니 그 아이는 이제야 나를 믿고

환한 미소와 함께 나를 용서해 주었습니다.

한 개인의 심리 치유에서 가장 중요한 것은 '반성'입니다.

그것이 선행되지 않는다면 더 이상의 회복은 불가능합니다.

앞으로 나아가는 것도 좋지만,

더욱더 중요한 것은 과거의 잘못에 대해서

간절하게 참회하고 기도하는 겁니다.

그대가 받은 상처도 서럽겠지만, 더 서러운 것은 그대 스스로 준 상처입니다.

첫 번째 화살과 두 번째 화살

하늘에서 내리는 비는 미리 막을 수가 없습니다.

그렇다고 하늘을 향해 화를 낸다고 해서 달라질 것은 없지요.

누군가가 아무런 이유 없이 나를 비난할 수도 있습니다.

그 또한 막을 수가 없습니다.

성추행 경험 또한 그렇습니다.

왕따를 당한 것도 그렇습니다.

어린 시절 부모로부터 받은 상처 또한

나의 의사와 상관없이 일방적으로 당하게 됩니다.

이것이 바로 **첫 번째 화살**입니다.

즉, 막을 수 없는 화살입니다.

슬프지만 일단 맞게 됩니다.

문제는 바로 **두 번째 화살**입니다.

내가 나를 향해 쏘는 화살입니다.

사실 우리가 겪는 진짜 고통은 첫 번째 화살이 아닌,

두 번째 화살부터 시작됩니다.

비가 내릴 때는 우산을 사거나 빨리 피하면 됩니다.

누군가가 나를 비난했다고 해서 내가 우울증에 걸리고

바보가 되어서는 안 됩니다.

진짜 마음 가짜 마음

성추행을 당하는 것도 사실 나는 아무런 잘못도 없기에

용서해 줄 수 있어야 합니다.

왕따 역시 내가 바보라서 그런 것이 아니라,

나쁜 친구들로부터 괴롭힘을 당한 겁니다.

우린 이런 첫 번째 화살을 맞은 뒤 급격하게 무너지면서

자학을 하거나 스스로를 외면합니다.

그때부터 최면에 걸린 것처럼

그 덫에서 벗어나지 못하면 평생 고통을 받습니다.

이제 그것을 그만두어야 합니다.

첫 번째는 외부에서 누군가가 쏘았을지 몰라도.

두 번째는 나 스스로 내 심장에 화살을 쏘는 것입니다.

두 번째 화살만 스스로 쏘지 않는다면

우린 다시 내 갈 길을 갈 수가 있습니다.

첫 번째 화살을 맞았다면 내가 그 상처를 치유해 주는 것이 맞지 않나요?

굳이 두 번째 화살을 꼭 쏴야겠다면 긍정의 화살을 과감하게 쏴 주세요.

제3장

분노의 열쇠

이 게송을 보고 화를 다스려 보세요

괴로움을 낳는 행동을 하는
성내는 자들이여, 이 이야기를 들어 보시오.

분노하면 항상 우울하고
불행 속에서 살아가네.
재물을 얻어도 이롭지 못하다고 여기고
몸과 입으로 악업을 지어 재산도 잃게 되네.

성난 마음에 사로잡히면
천한 사람이 되어
친족과 벗들과 권속들도
성내는 사람을 멀리 떠난다네.

분노는 해로움을 가져오고
마음을 태우며
사람들을 깨닫지 못해도
마음속에 두려움이 자리 잡는다오.

성내는 자는 이로운 일을 알지 못하고
눈이 먼다네.
성내는 자는 악행이 선행인 양 즐기지만
훗날 불길에 휩싸인 양 괴로움에 시달린다오.

성내는 자는 부끄러움을 모르고, 악행도 두려워 않네.
좋은 말을 쓸 줄도 모르고
분노에 사로잡히면
아무도 그를 도와주지 않는다오.

성내는 자는 그 부모를 해치고
분노 속에서 사람을 죽이나니
목숨을 앗아가네.
그에게 목숨을 주고 키워 준 사람까지도.

자기 몸을 사랑해도
성내는 자는 자신도 해치도다.

－『앙굿따라 니까야』 중에서 －

방화범을 잡지 않을게요

누군가가 내 집에 불을 지르고 도망을 갔습니다.

그러면 어떻게 해야 할까요?

당장 뛰쳐나가서 방화범을 잡으러 가야겠지요?

방화범을 잡아야 내 성질이 풀리니까요.

그러나 방화범을 잡으러 간 사이 아주 큰 일이 일어날 겁니다.

내 집이 활활 타오르며 잿더미가 될 것이니까요.

설령 방화범을 잡더라도 아무런 의미가 없습니다.

그 집에 사랑하는 나의 아기가 있다면…….

생각만 해도 끔찍하죠?

누군가가 나를 화나게 할 때 우리는 자신의 마음속의 아기를

돌보기보다는 일단 나를 화나게 하는 사람(방화범)을 잡으러 갑니다.

그러는 사이에 우리의 영혼은 타들어 갑니다.

방화범을 잡으러 가지 않고 내 안의

아기를 돌보는 것이 화를 다스리는 방법입니다.

진짜 마음 가짜 마음

내 얼굴이 악마가 되어 가고 있어요

화가 날 때 자신의 성난 얼굴을 볼 기회가 없습니다.
상대방은 그 모습을 보면서 공포를 느끼게 됩니다.

화가 날 때 거울 속에 비친 내 얼굴을 확인해 보시기 바랍니다.
내가 봐도 소름 끼칠 정도로 무서울 겁니다.
화를 자주 내다보면 얼굴 인상이 돌처럼 굳어집니다.
눈빛에 살기가 가득하게 됩니다.

그러면 사람들이 점점 나를 떠나게 될 겁니다.

분노의 열쇠

화가 날 때 우리는 이것만 생각하면 됩니다

"내 안의 아기가 울고 있구나!"
아기가 울고 있을 때 어떻게 해야 하나요?

1번. 울지 말라고 욕을 하거나 때린다.
2번. 문을 잠그고 밖으로 나가 버린다.
3번. 따뜻하게 안아 주고 달래 준다.

여러분은 내 안의 아기를 어떻게 대하고 있나요?
정답은 3번입니다.
내 마음이 화가 날 때 내가 먼저 달래 주지 않으면
그 누구도 아기를 지켜 줄 수가 없습니다.
1번과 2번의 방법대로 살아간다면 우리는 자식 버린 엄마처럼
가슴 아파하면서 살아가야 합니다.

성격 급한 사람들은 이렇게 해 보세요

급해서 좋을 것은 하나도 없답니다.

남는 것은 후회, 실수, 그리고 또다시 어리석은 행동을 반복하게 되지요.

무엇이든 천천히 연습해 보는 겁니다.

치아를 30초 만에 닦는다면 5분 동안 천천히 치아를 닦아 보는 겁니다.

밥을 5분 만에 후다닥 먹어버린다면

오늘부터 30분 동안 명상하듯 꼭꼭 씹어 먹는 겁니다.

말을 할 때 일부러 천천히 또박또박 말해 보는 겁니다.

길거리를 걸어갈 때도 조선 시대 양반처럼 어슬렁어슬렁 걸어가 보세요.

화가 날 때 화를 내기보다는 세 번 정도 긴 호흡을 하고 말해 보세요.

분노의 열쇠

친구야 미안하다

고향 친구가 저의 자존심을 건드렸습니다.

저는 굉장히 화가 나서 온갖 분노를 친구에게 퍼부었습니다.

그리고 속으로 이렇게 생각을 했습니다.

"잘했어, 영국아. 너도 참고 살 수만은 없잖아."

기분 좋게 잠을 자려고 하는데 갑자기 위장이 아프면서 속이 뒤틀리더군요.

멋지게 화를 뿜어냈는데 내 마음속에 담긴 분노는 더욱더 커진 겁니다.

그날 배도 아프고 머리도 아파 잠을 설쳤습니다.

그리고 한 가지를 배웠습니다.

"화를 낸다고 해서 풀리는 것이 아니구나!"

그 뒤로부터는 화를 내기보다는

속상한 마음을 진솔하게 표현하기로 다짐했습니다.

"친구야, 네가 그렇게 말해서 기분이 안 좋으니 그만했으면 좋겠다."

이 말 한마디를 못해서 결국 친구와 나에게 불화살을 쏘아버렸네요.

친구에게 사과는 했지만 결국 저는 '유리 멘탈'이라는 별명을 얻었답니다.

진짜 마음 가짜 마음

화의 최후

화가 나면 심장이 두근거리고 손발이 떨립니다.

이성은 저 멀리 안드로메다로 떠나가 버리지요.

그리고 화나는 대상을 향해서 거친 욕설이나 상처가 되는 말을 하게 됩니다.

또한 분이 풀리지 않는다면 주변의 물건을 부수거나 던져 버립니다.

여기서 멈추지 못하면 내 손으로 나와 타인을 때립니다.

마지막으로 상대를 죽이면 살인이 되고, 나를 죽이면 자살이 됩니다.

아주 무서운 친구입니다.

이 과정이 순식간에 발생하게 됩니다.

참 무섭죠?

나 스스로 컨트롤 하지 못하면

삼십육계 줄행랑치는 것도 현명한 방법입니다.

조언과 간섭 그리고 비난

우리는 사랑하는 사람이 힘겨워할 때 도와주고 싶어 합니다.

그러나 때론 그 말 한마디가 그나 그녀에게 더 큰 상처를 주곤 합니다.

조언은 상대방에게 도움이 되는 이야기를 사심 없이 해 주는 것이며,

상대방이 듣지 않아도 기분 나빠하지 않는 것을 말합니다.

간섭은 상대방에게 도움이 되는 이야기를 지적하듯이 해 주는 것이며

상대방이 내 말대로 되지 않으면 화가 나고 괴로운 것을 말합니다.

비난은 상대방에게 도움이 되는 것과 상관없이 험담하듯 말하는 것이며,

상대방의 의견은 존중하지 않고 일단 무시부터 하는 것을 말합니다.

그런 측면에서 보면 우리가 상대를 위해서 말해 주는 것이

거의 대부분 간섭과 비난에 가깝지 않나요?

타인의 변화를 원한다면 나의 순수한 희생이 필요한 법입니다.

배고픈 사람을 살려 주기 위해서는

내가 가진 빵의 일부를 나눠 주어야 합니다.

도움을 준다는 것은 나의 것을 나눠 줄

마음의 준비를 한다는 것이기도 합니다.

그럴 자신이 없다면 되도록 말을 삼가는 것이

서로에게 유익한 처사가 될 겁니다.

나의 좋은 기분을 망치지 마세요

지하철을 타고 가다 보면 지하철이 흔들리면서

옆 사람이 내 발을 밟기도 합니다.

우린 곧바로 짜증을 내면서 화를 내곤 합니다.

꼭 그럴 필요가 있나요?

그 사람이 일부러 밟은 것도 아닌데 말입니다.

내가 그 자리에 있었다면 나도 누군가의 발을 밟았을 겁니다.

그냥 괜찮다면서 기분 좋게 미소를 지어 주세요.

그러면 그 사람도 나를 통해서 기분이 좋아질 겁니다.

이런 사소한 일로 오늘 하루의 기분을 망칠 사람은 없겠지요?

분노의 열쇠

화내는 것이 좋을까요? 참는 것이 좋을까요?

굳이 둘 중 하나를 고른다면 저는 후자를 택합니다.

물론 성질대로 하지 못해서 화가 나겠지요?

한 번 화를 내면 주워 담을 수가 없습니다.

그러면 나중에 혹독한 대가를 치르게 됩니다.

화를 내는 순간은 기분이 시원할지 몰라도

잠시 후에 내 몸과 마음은 더 큰 분노로 가득 찰 것입니다.

그럴 때 누가 조금만 건드려도 나는 불같이 화를 내게 됩니다.

나 스스로 약자가 되는 길을 선택하지 않아야 합니다.

누가 건드릴 때마다 화를 내는 것은 주인의 삶이 아닌 종의 삶입니다.

참으면 후일을 도모할 수가 있습니다.

꼭 화를 내야 하는 상황이라면 마음속으로 3초만 세고 최대한 천천히 내 감정을 표현하면 됩니다. 그래도 상대방이 받아들여 주지 않는다면 이제는 그 사람의 문제입니다. 나는 자유롭게 내 갈 길만 가면 됩니다.

인생의 3가지 후회

1. 참을걸

2. 즐길걸

3. 베풀걸

진짜 마음 가짜 마음

원수를 만들지 마세요

남과 원수가 되면 상대방은 한을 품고 보복할 기회를 노리게 될 것입니다.
원한이 클수록 그 칼날은 날카로워지기 마련입니다.
누군가에게 큰 상처(원한)를 주고 화를 당하지 않는 사람은 없습니다.

원한을 사게 되면 두 다리 펴고 잠을 잘 수가 없고,
길거리를 돌아다녀도 항상 주변을 경계해야 합니다.

원한을 사지 않기 위해서는 남에게 피해를 주지 않으면 됩니다.
중국 속담에 '남에게 말로 주는 상처는 날카로운 창보다 깊다.'라는
말이 있듯이 세 치 혀끝부터 잘 관리해야겠습니다.

당신은 분노의 몇 단계를 겪고 있나요?

인간의 감정에서 가장 다스리기 어려운 것은 바로 '분노 = 화'라고 합니다.
그만큼 다스리기가 어렵습니다.

문제는 그것을 다스리지 못할 때 어마어마한 대가를 치르게 된다는 겁니다.
여러분은 어느 단계에서 왔다 갔다 하시나요?

1단계 : 자신의 화가 상대방에게 큰 상처를 주는 줄도 모르고
　　　　지속적으로 화내는 사람.

2단계 : 상대방이 상처받는 것은 알지만
　　　　일단 내 화가 먼저라며 화내는 사람.

3단계 : 내가 화내는 것도 싫고 누군가가 나에게
　　　　화내는 것도 싫어해서 화를 참는 사람.

4단계 : 화가 나지만 자신의 마음을 가라앉히고
　　　　상대방의 이야기를 들어 주는 사람.

5단계 : 자신의 화에 취하지 않고 상대방을 연민으로 바라봐 주는 사람.

6단계 : 내 마음에 화의 불씨가 없기 때문에 화가 나지 않는 사람.

제가 만든 분노의 단계입니다.

저는 3단계에서 4단계를 넘보려는 수준이네요.

물론 상황에 따라 변동이 있겠지만 평상시 분노의 상태를 보면
보통 머무르는 단계가 있을 겁니다.

이제 열심히 마음을 다스러서 한 계단씩 올라가 보실래요?

착한 늑대와 악한 늑대가 싸우면 누가 이길까?

한 인디언 추장이 어린 손자를 데리고 재미있는 이야기를 해 주었습니다.
주제는 바로 '내면과의 싸움'에 관한 것입니다.
이 싸움은 어린 손자에게도 일어나는 것이라고도 합니다.

"애야, 우리 모두의 마음속에는 이런 보이지 않는 싸움이 일어난단다.
두 늑대 간의 혈투가 끊임없이 발생하곤 하지."
한 마리 '악한 늑대'가 가지고 있는 것은
바로 **화, 질투, 슬픔, 거만, 자기 동정, 죄의식, 열등감,
수치심, 자만심, 우월감, 이기심, 탐욕, 집착, 욕심**이란다.

그리고 다른 '착한 늑대'가 가지고 있는 것은
**기쁨, 평안, 사랑, 소망, 지혜, 인내, 평온함,
검소함, 겸손함, 이해심, 친절, 선량함, 진실, 믿음**이란다.
손자가 인디언 추장 할아버지에게 이렇게 물어봤습니다.
"그럼 할아버지, 둘이 싸우면 누가 이기나요?"
그러자 추장은 이렇게 말했습니다.

"네가 먹이를 주는 놈이 이기지."

진짜 마음 가짜 마음

108

그만 참고 털어놓고 사세요

그놈의 알량한 자존심 때문에 말하지도 못하고 참고 살지 않나요?

나의 아픔을 말하면 상대방이 비난하고 무시할 거라고 생각하나요?

여전히 당신의 고고하고 완벽한 모습을 지키고 싶나요?

잘못을 했으면 빨리 이실직고해서 풀어 버리는 것이 낫지 않나요?

말도 못하고 혼자서 병이 되도록 끙끙 참고

사는 것이 과연 현명하다고 생각하나요?

몸과 마음이 병들어 버리면 자존심이고 명예고 아무런 의미가 없습니다.

누가 그러더군요.

진정한 자존심은 자존심 상하는 순간에도 자존심 상해하지 않는다고요.

고민이 있으면 주변 사람들에게 도움을 요청해 보세요.

힘들 때는 위로해 달라고 부탁해 보세요.

친구들에게 나의 아픔을 털어놓고 공감을 받아 보세요.

혼자서 생각하면 그 고통은 배가 되지만 털어놓게 되면

반으로 줄어들게 됩니다.

용서가 늦으면 고통이 찾아옵니다

제가 이 세상에서 가장 미워하고 원망했던

사람은 나의 아버지였습니다.

매일 술을 드시고 어머니를 때리셨습니다.

어린 시절의 아버지는 악마 그 자체였습니다.

저는 하루하루가 지옥과 같은 삶을 살았습니다.

그래서 매일 기도를 했습니다.

"신이시여, 제 아버지가 죽었으면 좋겠습니다."

하늘은 저를 어여삐 여겨 62세에 그분을 데려갔습니다.

저는 소원을 이뤘는데도 몇 년 동안 눈물과 함께 괴로운 시간을 보냈습니다.

제가 잘한 건가요?

내 아버지가 나에게 무릎을 꿇고 잘못했다고 하면 용서해 주려 했습니다.

참 어리석었습니다.

한 살이라도 어린 내가 먼저 손을 내밀었으면 참 좋았을 텐데 말입니다.

아버지가 나에게 잘못한 것 이상으로 나 역시 그분을 무시하고 원망했습니다.

한 번도 따뜻한 눈빛으로 그분의 아픔이나 고통을 보려고 하지 않았습니다.

가족끼리는 싸우는 것이 아닙니다.

여러분도 저처럼 멍청하게 시간을 보내고 있지 않나요?

잘못된 신념이 가져다주는 불행

그리스 신화에 나오는 프로크루스테스에 관한 이야기입니다.

그는 행인을 자신의 집으로 초대해서 침대에 눕힙니다.

침대보다 몸길이가 짧으면 침대 길이만큼 몸을 늘려서 죽이고,

침대보다 몸길이가 길면 침대 밖으로

나오는 길이만큼 잘라서 죽이는 도둑이지요.

결국 모든 사람들이 죽임을 당할 수밖에 없습니다.

혹시 나 자신과 타인을 그렇게 대하고 있지 않나요?

키가 작은 사람이 누우면 그 사람에게 맞게끔 마음의 침대 길이를 줄이고,

키가 큰 사람이 누우면 마음의 침대 길이를 늘여 주면 됩니다.

나는 신도 아니며 내가 생각하는 것이 모두 옳지 않습니다.

남이 나를 맞춰 주기를 기다리기보다는

내가 먼저 맞춰 주는 지혜로운 우리가 됩시다.

분노의 열쇠

괜찮아, 그럴 수 있어

최면 치료를 하다 보면 무의식의 간절한 소리를 듣게 됩니다.
저는 두 가지를 항상 최면 상태에서 물어봅니다.

첫 번째 질문 : 당신에게 해 주고 싶은 말이 있다면 무엇인가요?
두 번째 질문 : 당신의 무의식(영혼, 가슴, 내면아이 등)이 말을 한다면
당신에게 뭐라고 말하나요?

그러면 대체적으로 이렇게 말을 합니다.

첫 번째 대답 : "그동안 수고했다, 괜찮아, 그럴 수 있어, 이제 행복하게 살자."
두 번째 대답 : "이제라도 알아줘서 고마워, 나 좀 그만 미워해, 난 네가 좋아."

사람과 싸워서 이기면 기분이 좋아지나요?

내가 지면 자존심이 상하고 분노가 치밀어 오릅니다.
어떻게 해서라도 이기고 싶은 마음이 들끓게 됩니다.
그런데 싸워서 이긴다고 해도 속이 시원하고
승자의 즐거움이 느껴지는 것도 아닙니다.
찜찜한 마음이 있지요.

사장과 싸워서 이기면 직장을 잃게 됩니다.
고객과 싸워서 이기면 돈 벌 기회를 잃게 됩니다.
친구와 싸워서 이기면 다른 친구들마저 잃게 됩니다.
아내와 싸워서 이기면 가정의 행복이 깨지게 됩니다.
자식과 싸워서 이기면 자녀가 소심해집니다.

하나를 얻으면 하나를 잃게 됩니다.
하나를 잃으면 하나를 얻게 됩니다.
내가 지는 것이 아니라.
현명하게 양보해 준다면 더 소중한 것을 얻게 됩니다.

올바른 감정 표현

화가 왜 날까요?

이것은 감정 표현의 문제이기도 합니다.

화라는 감정을 추적하면 속상함이 머물러 있습니다.

내가 화가 났다는 것은 상대방에게 서운한 것입니다.

그러면 화를 내는 것이 아니라,

나의 서운한 마음을 있는 그대로 표현하면 됩니다.

A라는 사람은 "난 당신이 미워, 꼴도 보기 싫어."라고 말하고…….

B라는 사람은 "여보, 나 너무 힘들어, 나 좀 도와줘."라고 말합니다.

A라는 사람은 점점 화가 날 것이지만 B라는 사람은 화가 풀리게 됩니다.

우리는 감정을 표현하는 연습보다 억압하도록 길들여졌습니다.

감정을 표현한다는 것은 창피하거나 약한 것이 아니라,

진정으로 강한 것입니다.

약한 사람은 자신을 드러내지 못하고 화만 내지만,

강한 사람은 그 감정을 표현함으로써 자신을 지켜 주는 선택을 합니다.

진짜 마음 가짜 마음

진정한 강자의 반응

얼마 전에 재미난 장면을 목격했습니다.

엄청나게 큰 개가 지나가는데 작은 개가 짖어 대더군요.

그 모습이 정말 웃겨 보였습니다.

작은 개의 표정을 보니 무서워서 벌벌 떨고 있는 겁니다.

그러나 큰 개는 작은 개를 무시하듯 무심히 지나가더군요.

강한 사람은 반응하지 않습니다.

약한 사람은 작은 개처럼 소리를 지릅니다.

화를 잘 내는 사람은 결코 강하거나 무서운 사람이 아닙니다.

무섭기 때문에 먼저 소리를 지르고 격하게 반응을 하는 겁니다.

누군가가 화를 내면 그 사람을 무서워하기보다는

"네가 많이 무서워하고 있구나."라고 연민의 마음으로 바라봐 주는 겁니다.

강한 척하는 사람은 사실 누구보다 약한 사람입니다.

화에 대한 명언

네가 옳았다면 화낼 이유가 없고,
네가 틀렸다면 화낼 자격이 없다.
– 간디 –

그대가 화를 냈기 때문에 벌을 받는 게 아니라
그대가 낸 화가 그대를 벌하는 것이다.
– 석가모니 –

1분 동안 화를 낼 때마다 당신은
60초 동안 행복을 잃는 셈이다.
– 랄프 왈도 에머슨 –

화를 내어 승리하는 것은 결국 지는 것이다.
– 세네카 –

내가 지금 화가 나기 때문에
너를 매질하는 것을 나중으로 미루겠다.
– 소크라테스 –

제4장

성공의 열쇠

실패와 성공의 미묘한 차이

실패하는 사람은 어려움에 직면할 때
'왜(why)?'라고 원인을 찾지만,
성공하는 사람은 어려움에 직면할 때
'어떻게(how to)?'라고 해결 방안을 찾습니다.

내가 왜 버스를 놓쳤을까?
어떻게 하면 버스를 놓치지 않을까?

같은 의미 같지만 전자는 원인을 찾다가 다음 버스를 놓칠 수도 있지만,
후자는 다음 버스를 안전하게 탈 수가 있습니다.

인생은 9회 말 2아웃부터

지고 있는 팀은 이쯤 되면 '졌다!'라는 패배감을 느끼게 됩니다.

이기고 있는 팀은 이쯤 되면 '이겼다!'라는 자아도취에 빠지게 됩니다.

지고 있는 팀은 의욕이 사라지고, 이기고 있는 팀은 긴장감이 사라집니다.

이 상황에서 누가 더 간절하고 절박할까요?

바로 '지고 있는 팀'입니다.

상대 팀이 방어에 급급할 때, 마지막 대 역전승을 노릴 확률이 높아집니다.

끝까지 포기하지 않으면 됩니다.

농구에도 마지막 버저 비터가 있고,

축구에도 연장 결승 골이 존재합니다.

아직 경기는 끝나지 않았습니다.

우리의 인생이라는 게임 역시 현재 진행형입니다.

우린 매 순간 9회 말 2아웃 마지막 타석에 대기하고 있습니다.

내가 포기하지 않는다면 언젠간

멋진 역전 만루 홈런을 날릴 날이 오게 될 겁니다.

성공하는 사람들의 공통점

그들은 이런 언어를 자주 사용합니다.

"감사합니다."

"고맙습니다."

"다시 해 보겠습니다."

"끝까지 해 보겠습니다."

"후회하지 않습니다."

"제 선택을 존중합니다."

그들은 도전과 모험을 사랑합니다.

돈에 대한 부정적인 이미지를 바꾸세요

돈을 많이 벌고 싶다고 말하지만

돈을 벌지 못하는 사람들의 내면을 들어가 보면

무의식 속에 돈에 대한 부정적인 이미지가 많습니다.

"나는 큰돈을 벌수가 없습니다."

"돈이 나를 항상 불안하고 초조하게 만들었어요."

"돈은 더럽고 혐오스러워요."

"돈이 없어서 평생 힘들게 살았어요."

돈이라는 것은 하나의 에너지입니다.

우리의 마음이 부정적으로 느끼는 순간

그 에너지는 나에게서 멀어지게 됩니다.

돈에 대한 집착은 돈의 노예가 되는 것이지만,

돈을 순수하게 사랑하게 되면 돈을 풍요롭게 즐길 수 있게 됩니다.

돈은 내 삶을 풍요롭게 만들어 주고

내 가족의 건강 또한 책임져 줄 수 있는 소중한 친구입니다.

남에게 피해를 주지만 않는다면 노력해서 많은 돈을 벌어 보세요.

그 돈의 일부는 사랑하는 이들과 나의 도움의 필요한 사람과 함께 하시고요.

타인이 보는 당신의 이미지

남에게 잘 보이려고 애쓸 필요는 없는데
타인이 나를 보는 평판은 중요합니다.

'나'라는 사람을 떠올렸을 때
딱 표현할 수 있는 한마디가 당신의 이미지가 됩니다.
"저 사람은 능력이 없어."
"저 사람은 불성실해."
"저 사람은 같이 일하기 싫은 사람이야."
"저 사람은 뭘 해도 잘해."
"역시 전문가라 달라."
"저 사람은 참 유쾌한 사람이야."

당신은 가정이나 회사에서 어떻게 평가받고 있나요?
그 주변의 평가가 당신이 보는 자신보다 더 정확할지도 모릅니다.
혼자서 살아가는 세상이 아니기 때문에 주변에서 바라보는 이미지는
당신의 성공에 많은 영향을 주게 될 것입니다.

나만의 길을 가 보세요

남들이 다 가는 길은 안전합니다.

길이 잘 닦여져 있기에 편할지 몰라도

그 모든 사람들과 치열한 경쟁을 해야 합니다.

남들이 가지 않는 길은 처음 가기엔 불안하고 고통이 뒤따를 수 있습니다.

다만 그 길은 경쟁 상대가 없기 때문에

의지만 있다면 새로운 길을 개척할 수가 있습니다.

모두가 아는 길에는 산삼이 없습니다.

누구도 가 보지 않은 깊은 산속에서 비로소 산삼을 발견할 수 있습니다.

쉽게 가려고 할수록 더 어려운 길을 갈 수도 있습니다.

남들의 뒷모습을 따라가지 마시고,

내가 대장이 되어서 새로운 길을 만들어 가세요.

성공의 열쇠

실패하는 사람들의 공통점

부모 탓한다.

친구 탓한다.

세상 탓한다.

죽어도 자기 탓은 하지 않는다.

그래서 내가 할 수 있는 것이 없다.

진짜 마음 가짜 마음

124

나에게 "될까?"라고 묻지 마세요

그러면 약한 마음이 마치 기다린 듯 올라와서 이렇게 말할 겁니다.

"그래, 지금은 때가 아니야."
"괜히 했다가 창피만 당할지 몰라."
"이것은 나와는 맞지가 않아."

수많은 자기합리화가 일어나면서 결국
"하지 말자!"로 결론 날 확률이 높습니다.
설령 그런 부정적인 마음에서
일을 시작하더라도 이미 5할의 친구를 잃어버린 겁니다.

내가 그토록 하고 싶은 일들을 "될까?"라는
말 한마디로 나를 무시하지 마세요.
당신은 자기도 모르게 시작부터 실패와 패배를 만들고 있을지도 모릅니다.

실패는 성공을 위한 밑거름

'베이브 루스'처럼 야구를 잘할 수가 없습니다.

그는 전설 속의 홈런왕이지만 동시에 5번이나 삼진왕에 올랐습니다.

'마이클 조던'처럼 농구를 잘할 수가 없습니다.

그는 9,000번의 슛을 놓쳤고, 300번의 시합에서 졌고,

26번이나 결승 골을 넣지 못 했습니다.

'김연아'처럼 빙상 위의 여왕이 될 수 없습니다.

그녀는 트리플 악셀을 성공시키기 위해서

수만 번의 엉덩방아를 찧었습니다.

우리는 그들의 성공 스토리를 부러워하기보다는

수많은 실패 스토리를 배워야 할 것입니다.

난 아직도 부족하다고 생각합니다

대기업 CEO를 퇴임 후 저와 함께
대학원에서 공부했던 선생님의 이야기입니다.
그분께서는 사회적으로 이미 성공했고 편하게 살아도 되는데
왜 70이 넘으신 나이에도 공부를 하냐고 물어본 적이 있었습니다.

그러자 다음과 같이 말씀을 하시더군요.
"나는 단 한 번도 성공했다고 생각해 본 적이 없습니다.
나 스스로 항상 부족하다고 생각하기 때문에
지금도 젊은 사람 못지않게 열심히 살고 있습니다."

그분은 매일 새벽 3시에 일어나서 1시간 명상하고, 2시간 운동을 합니다.
지금은 차 명상 대가로서 많은 이들에게
삶의 지혜를 알려 주는 인생 스승님 역할을 하십니다.

성공한 사람들의 두 가지 유형

A유형은 자신이 이룬 부와 명예를 감사할 줄 알고 살아갑니다.

자기의 것을 자랑하기보다는 주변 사람들과 함께 나눌 줄 아는 사람이지요.

B유형은 부와 명예를 이용해서 사람들을 무시하고

약자 위에 군림하며 살아갑니다.

자기의 것을 나누기는커녕 그들에게

더 많은 돈과 아부를 요구하는 사람이지요.

A유형은 주변에 좋은 친구가 많습니다.

언제 어디서나 도움을 주고받을 수 있어서 삶 자체가 안정적입니다.

B유형은 주변에 적이 많습니다.

주변에 내가 만든 적들이 호시탐탐 노리고 있기에 삶 자체가 불안합니다.

등산할 때 보면 사고는 올라갈 때 발생하지 않습니다.

그때는 조심조심 한발 한발 올라가니까 아무런 탈이 없습니다.

문제는 내려갈 때입니다.

이미 정상을 정복했다는 자만심이 생기면서

아차 하는 순간 굴러 떨어지게 됩니다.

내가 가진 것을 올라가는 이들에게 베풀어 주면
내려가는 길이 더 편안합니다.
올라가는 이들에게 도움을 줌으로써
내 짐이 그만큼 가벼워지기 때문입니다.

제가 아는 지인 중 B유형을 자세히 관찰해 보니
성공 이후의 삶이 오히려 불쌍해 보이더군요.
인심을 잃어버리면서 소중한 사람들이 하나둘 떠나고,
급기야 하던 사업도 망하면서
믿었던 능력마저 인정받지 못한 채
초라하게 사는 경우를 자주 봤습니다.

베풀면 당신의 배가 다시 수면 위로 올라오지만,
그것을 꽁꽁 싸매고 가지고 가려고 하면
배는 저 깊은 바다 속으로 침몰할 것입니다.

빨리 간다고 해서 앞서지 않습니다

정체된 고속도로를 달리다 보면 답답함이 밀려옵니다.

스포츠카 한 대가 좌측 우측을 추월하면서 쏜살같이 달려가더군요.

5분 정도 가다 보니 저 멀리 사라졌어야 할

스포츠카가 바로 제 차 옆에 있더군요.

스포츠카는 또다시 이쪽저쪽 추월해서 가지만,

5분 정도 지나니 또 제 차 옆에 있더군요.

속으로 웃기기도 하면서 걱정도 되었습니다.

저렇게 기를 쓰고 노력을 하는데도 결국 제자리걸음인 것입니다.

잠시 후 스포츠카는 무리하게 끼어들기를 하다가

옆 차와 가벼운 접촉 사고를 냈습니다.

오히려 한 길만 천천히 갔던 제가

가볍게 스포츠카를 추월하게 되었습니다.

조급한 마음으로 이리저리 왔다 갔다 하지 마시고

그저 한 우물만 천천히 파 보세요.

언젠가는 하고 말 테야

이 말은 왠지 의지를 불태우는 듯 보이지만

결국 하지 않겠다는 소리입니다.

내가 원하는 것이 있다면 지금 당장 그곳을 향해 나아가야 합니다.

감나무 위의 감이 떨어지기를 여전히 기다리고 있지 않나요?

설령 떨어지더라도 썩은 홍시가 되어서

내 얼굴을 홍시 범벅으로 만들 겁니다.

언젠가가 되었을 때 우린 또다시 이렇게 말을 합니다.

"언젠가는 꼭 하고 말 테야."

그리고 결국 가장 후회스러운 이 말을 합니다.

"만약에 그때 했었더라면……."

직장 상사에게 인정받는 법

1. 상사보다 최소한 30분 빨리 출근하세요.

2. 상사가 일을 시키면 일단 "해 보겠습니다."라고
   적극적인 모습을 보여 주세요.

3. 어떠한 일이 있어도 상사에 대한 험담은 금물입니다.

4. 실수를 숨기려고 하지 말고 항상 정직하게 보고하세요.

5. 상사는 당신의 일거수일투족을
   관찰하고 있다는 사실을 잊지 마세요.

6. 상사의 말은 귀 기울여 듣고 항상 메모하는 습관을 가지세요.

7. 상사가 나에게 무엇을 원하고 있는지
   상사의 의도를 먼저 파악하세요.

8. 내가 인상 쓰고 있다면 상사는 자신을 싫어한다고
   오해할 수가 있습니다.

9. 혼자서 판단하지 말고 모르는 것이 있으면 항상 물어보세요.

10. 상사에게 없어서는 안 될 인물이 될 정도로
    열정적인 부하 직원이 되어 보세요.

한 가지에 미쳐 본 적 있나요?

물방울 하나가 바위를 뚫는 것은 불가능합니다.

산에 가면 바위에 구멍이 뚫려 있는 것을 자주 볼 수가 있습니다.

물방울 하나가 수십 년, 수백 년 이상 그 자리를 쉬지 않고 두드린 것입니다.

성공을 함에 있어서 가장 중요한 힘은 하나에 몰입할 수 있는 집중력입니다.

뛰어난 머리는 타고 날 수 있지만

집중력은 누구나가 노력해서 만들어 갈 수 있습니다.

성공하기 위해서는 한 우물만 파야 합니다.

설령 그곳을 팠을 때 우물이 없을 수도 있습니다.

그래도 괜찮습니다.

당신은 이제 그 무엇이라도 끝까지 할 수 있는

놀라운 능력을 얻었기 때문입니다.

그 힘을 바탕으로 새로운 우물을 파기 위해서 도전하면 됩니다.

잘 나갈 때 조심하세요

차 없는 고속도로를 질주할 때는 밟는 대로 속도가 잘 나오게 됩니다.

그때 조심해야 합니다. 사고의 위험이 가장 높은 순간입니다.

길이 정체되어 있을 때는 사고도 잘 나지 않고

나더라도 경미한 수준일 겁니다.

우리의 인생도 그러합니다.

'호사다마(好事多魔 좋은 일에는 탈이 많다)'라고 합니다.

경제적인 풍요를 이루었지만,

그 풍요를 즐기다가 가정의 화합을 잃어버릴지도 모릅니다.

열매의 풍성함에 취하다 보면 뿌리가 썩는 것을 놓쳐 버릴지도 모릅니다.

내가 성공하고 잘 나가는 만큼 나를 질투하고

시기하는 이가 많을 수밖에 없습니다.

겸손함이 사라지고 교만해지는 순간

주변 사람들은 적이 되어서 나를 공격할지도 모릅니다.

왜 그럴까요?

하는 일마다 잘 될 때는 마귀(욕심, 교만, 나태함)가 나타나서 내 두 눈을 멀게 합니다. 그때 우리는 천사(초심, 감사함, 베푸는 마음)를 불러서 깨끗한 눈으로 세상을 봐야 합니다.

진짜 마음 가짜 마음

용기란 무엇인가?

겁이 없는 것이 용기가 있는 것이 아닙니다.

진정한 용기란 설령 겁이 나더라도

자신의 소신과 철학을 지킬 줄 아는 것을 말합니다.

죽을 만큼 두려워도 일단 해 볼 수 있는 단호한 마음의 태도를 말합니다.

내가 두려워하는 것을 하는 것이 용기입니다.

두려움이 있기에 용기 또한 존재합니다.

두려워하는 당신은 이제 용기를 낼 때입니다.

성공의 열쇠

우리에게 주적이 있다면 그것은 게으름입니다

게으름에 대한 보복에는 두 가지가 있다고 합니다.
하나는 자신의 실패이며,
하나는 당신이 하지 않는 일을 한, 옆 사람의 성공입니다.

남이야 나와는 상관이 없다고 말하지만
실제 마음은 부러워하고 시기하곤 합니다.
귀찮다는 이유로 게으름과 합의해 버리면
영원히 내 인생을 살 수가 없습니다.

진짜 마음 가짜 마음

어울리는 옷을 입고 있나요?

옷이 크면 흘러내려서 속살이 비치거나 보이게 됩니다.

옷이 꽉 끼면 숨쉬기 어려울 정도로 답답합니다.

그런 맞지 않는 옷을 입을 때 사람들이 비웃거나 비난할지도 모릅니다.

나 또한 항상 불안하거나 답답함을 느낄지도 모릅니다.

한 인간으로서 나는 어떤 옷을 입고 있나요?

능력은 턱없이 부족한데 욕심만 많아서 이상만을 추구하고 있나요?

그것을 과대망상이라고 합니다.

그땐 수단과 방법을 가리지 않고

내 능력을 키워 내는 노력을 해야 합니다.

능력은 충분한데 겁이 많아서 내 능력을 발휘하지 못하고 살아가나요?

그것을 과소평가라고 합니다.

그땐 자신감이라는 옷을 입고 더 과감하게

적극적인 삶을 선택해야 합니다.

당신에게 가장 필요한 것을 먼저 채우세요

꿈이 없다면 오늘부터 매일 소중함 꿈을 꿔 보세요.

능력이 부족하다면 오늘부터 능력을 키우세요.

게으르다면 부지런함을 먼저 배우세요.

인간관계가 어렵다면 사람들과 친해지는 법을 연구해 보세요.

표정이 우울하다면 매일 거울을 보고 웃어 보세요.

몸이 허약하다면 운동을 열심히 해서 몸을 먼저 튼튼하게 만드세요.

일중독에 빠져있다면 주말에 최대한 즐겁게 노는 법을 연구하세요.

끈기가 부족하다면 치아가 뽑힐 때까지 물고 늘어져 보세요.

당신만큼 자신의 단점을 잘 아는 사람은 없습니다.

그것을 채우지 않는 이상 그 부족감은

항상 당신의 발목을 잡게 될 것입니다.

요행을 바라는 것은 사기꾼의 심리와 같습니다.

나 스스로 떳떳하게 채워가 보세요.

고객은 왕이 아닙니다

음식점이 대박 나려면 음식을 맛있게 먹어 주는 사람이 필요합니다.

명강사가 되려면 강의를 들어 주는 청중이 필요합니다.

유명한 정치인이 되려면 나를 뽑아 줄 유권자가 필요합니다.

훌륭한 선생님이 되려면 수많은 제자들이 필요합니다.

회사를 운영하려면 많은 직원들의 도움이 필요합니다.

당신이 돈과 명예와 권력을 잡기 위해서는 수많은 고객이 필요합니다.

그들은 '왕'이 아닙니다.

그들은 '신'입니다.

그런 마음의 자세로 대하면 당신은 그 어떤 일도 성공할 수가 있습니다.

당신을 먹고 살게 해 주는 그들에 대한 고마움을 놓아 버리는 순간,

당신이 걸어가고 있는 성공의 다리는 하루아침에 붕괴되어 버릴 겁니다.

당신의 비즈니스가 잘 안 되는 이유 중 하나는

고객에 대한 존중이 부족해서 일 수 있습니다.

전 재산 날려 본 적 있나요?

한 푼, 두 푼 아껴서 1억이라는 돈을 모았습니다.

장교 월급 3,000만 원,
이라크 파병 수당 3,000만 원,
회사 월급 4,000만 원.

군대 후배가 증권 회사에 다니는데
한 방에 2배를 벌 수 있다면서 주식을 권유했습니다.
인생 한 방이라며 가진 돈 모두 투자하고
미수까지 당겨서 올인을 했습니다.
2,000포인트이던 주가가 불과 석 달 만에
1,000포인트로 급추락하더군요.

다 날리고 저에게 남은 것은 빚 3,000만 원이였습니다.
눈앞이 캄캄해지면서 마포대교에서
멋지게 다이빙을 하고 싶은 생각이 일어나더군요.

진짜 마음 가짜 마음

죽고 싶었습니다.

절망하던 차에 문득 이런 생각이 들더군요.

이왕 망가진 거 이제부터라도 하고 싶은 거 하면서

막살아 보자는 배짱이 생기더군요.

빚이 1억이라면 감당을 못하겠지만,

3,000만 원은 충분히 갚을 자신이 있었습니다.

돈을 다 잃고 나니 제가 진정 무엇을 하고

어떤 삶을 살고자 했는지 알겠더군요.

그때부터 다시 제 인생을 최면과 마음공부에 올인을 했습니다.

지금 돌이켜 보면 20대에 날린 1억은

아깝지 않는 수업료라는 생각이 들더군요.

그것을 통해서 내가 하고 싶은 일을 찾았고,

잔잔한 행복을 찾게 되었습니다.

고난에 취해 버리면 절망이 되지만 그것을 넘어서면 희망이 됩니다.

세상엔 공짜가 없습니다

어느 현명한 왕이 현자들을 한자리에 모아 놓고
이렇게 임무를 부여하였습니다.
"후세에 남겨 줄 수 있도록 '세기의 지혜'를
다 정리하여 책에 담아 주시기 바랍니다."
현자들은 왕에게 인사를 하고 나오자마자
오랜 세월 동안 깊이 연구를 했습니다.
결국 그들은 12권의 책을 만들어 왕에게
세기의 지혜가 실린 가치 있는 책이라고 했습니다.
12권의 책을 본 왕은 세기의 지혜가 담기긴 했지만
너무 두껍다면서 줄이라고 요청했습니다.

그래서 현자들은 다시 연구 끝에
한 권의 책으로 만들어 왕에게 그것을 보여 주었습니다.
왕은 그것도 두껍다며 좀 더 줄여 보라고 했습니다.
현자들은 한 권의 책을 한 페이지로 줄였다가
그것을 다시 하나의 문장으로 바꾸었습니다.
현자들이 후세에 물려준 세기의 지혜는 이것이었습니다.
"공짜는 없다."

목표는 작을수록 좋습니다

높은 목표를 설정하면 뭔가 큰 성공을 이룰 거라고 생각합니다.

성공하는 사람들은 목표를 달성할

충분한 실력과 노력을 겸비한 사람입니다.

우린 그것도 모른 채 높은 목표만 설정하고 그것을 꿈꾸기만 합니다.

그러다 보니 쉽게 좌절하고 자신의 무능력함을 한탄하곤 하지요.

심지어는 더 큰 목표를 설정해서 그동안의 실패를 만회하려 합니다.

그때부터 자기 학대가 시작됩니다.

그 목표의 기준치보다 낮으면 그 모든 것을 실패로 간주하기 때문입니다.

현실 속의 나 자신이 못마땅해 보이기에 온통 불평불만으로 가득 찹니다.

자신감이라는 것은 성공 경험을 말하는데

목표가 높은 나머지 성공의 기억이 없기에

자신의 능력을 믿을 수가 없게 됩니다.

진정 아름다운 성공을 하는 사람은

내 능력 밖의 원대한 목표를 설정하는 것이 아니라,

지금 현재 능력에서 달성할 수 있는

가능한 목표를 향해서 즐겁게 달려갑니다.

근심과 희망의 차이

근심은 미래에 일어나지도 않을 일에 대한 걱정이라고 하고,
희망은 미래에 일어나지 않을 수도 있는 일에 대한 기대라고 합니다.

내가 어찌할 수 없는 일이라면 근심조차 필요 없는 일이며,
내 노력으로 바꿀 수 있는 일이라면
온 힘을 다해 희망을 품고 전진해야 합니다.

당신은 당신의 미래를 근심으로 둘 것인지
희망으로 둘 것인지 결정해야 합니다.

진짜 마음 가짜 마음

남이 나보다 커 보여요

그럴 때 자신감이 떨어지고 울적해집니다.
때론 시기 질투를 하기도 합니다.
자기의 못난 모습을 자꾸만 미워하게 됩니다.

그럴 시간이 없습니다.
당신이 그런 감정을 느낀다는 것은
당신이 부족한 인간이라는 소리가 아니라,
지금보다 더 열심히 노력하라는 소리입니다.

성공의 열쇠

천재는 타고나지 않습니다

우린 성공하는 사람들을 보면 그가 가진

재능과 성공의 업적을 부러워합니다.

"그 사람은 타고난 사람이야, 천재임이 틀림없어."

그런데 성공하는 사람들은 강연이나 글을 통해서

대부분 이렇게 말을 합니다.

"저는 남들보다 재능이 부족해서 두 배, 세 배 노력했습니다."

그들은 남들이 이것저것 할 때 한 분야에서

10년 이상 한 우물만 판 사람입니다.

천재의 DNA는 노력에 의한 피와 땀으로부터

만들어진다고 생각합니다.

우린 누구나 자기만의 천재적인 소질을 갖고 태어났습니다.

그 열매를 만들어 낼 노력이 부족했을 뿐입니다.

당신의 어제와 비교하세요

비교는 당신을 병들게 하는 가장 위험한 평가 기준입니다.
그러나 딱 한 가지 예외는 있습니다.

당신의 어제만큼은 가장 냉정하게 비교를 하셔야 합니다.

그렇지 않으면 어제와 오늘이 똑같으며
당신의 찬란한 미래를 기대할 수 없습니다.
어제의 부족한 점을 비교해서
오늘 작은 것이라도 변화해 보시기 바랍니다.

성공의 열쇠

선택하기 참 힘들지요?

A는 7, B는 3이라면 우리는 당연히 7을 선택합니다.

A는 6, B는 4라면 우리는 당연히 6을 선택합니다.

A는 5, B는 5라면 우리는 바로 선택하지 못 합니다.

A를 택하자니 B가 아깝고, B를 택하자니 A가 아까울 겁니다.

어떤 선택을 못 하는 경우는 대부분 이런 상황입니다.

왜 그럴까요? 두 가지 모두 가지려는 욕심 때문입니다.

이런 상황은 사실 고민할 것이 하나도 없습니다.

당장 아무거나 선택해서 그것을 내 것으로 만들어야 합니다.

하나를 얻으면 하나를 잃는 것은 당연한 겁니다.

잃는 것이 아까워서 주춤거리는 순간 두 가지 선택권을 잃어버립니다.

최악은 그 선택권이 나에게서 사라지고

타인이 나에게 이래라저래라 간섭하는 상황입니다.

그럴 때 가장 인생이 비참해집니다.

성공을 해도 내가 성공하고 실패를 해도 내가 실패합니다.

욕을 먹어도 내가 욕먹을 각오를 하게 된다면

우리가 가는 길은 참 재미있을 것 같습니다.

진짜 마음 가짜 마음

제5장

사람의 열소

인간관계 잘하는 법

고마우면 **"고맙습니다."**

미안하면 **"미안합니다."**

잘못했으면 **"잘못했습니다."**

사랑하면 **"사랑합니다."**

서운하면 **"서운합니다."**

화가 나면 **"화가 납니다."**라고 말하면 됩니다.

그러면 다투거나 싸울 일이 없습니다.

비판하기 전에 생각해야 할 다섯 가지

석가모니는 남의 죄를 자주 드러내지 말라고 합니다.
만약 부득이하게 남의 허물을 드러내고자 한다면
다음과 같이 말하라고 합니다.

1. 때를 놓치지 말고 제때에 해야 하며,

2. 거짓이 아닌 진실로 이야기해야 하며,

3. 이로움을 주기 위해서 해야 하며,

4. 부드럽게 해야 하며,

5. 인자한 마음으로 해야 합니다.

완벽주의자가 모르는 사실

1. 불안이라는 위험한 동력을 바탕으로 행복을 꿈꿉니다.

2. 완벽하지 않다는 것을 잘 알면서도 인정하려 하지 않습니다.

3. 겉으로는 완벽해 보이지만 실제로는 허점투성이입니다.

4. 항상 긴장하고 초조해 하는 자신을 보려고 하지 않습니다.

5. 성공의 기쁨보다 실패의 두려움 때문에 쉬고 싶어도 쉬지 못 합니다.

6. 실수했을 때는 실수에 대한 처벌로 자기 학대를 시작합니다.

7. 신이 될 수 없음에도 불구하고 신이 되고자 합니다.

8. 타인의 평가 때문에 천국과 지옥을 왔다 갔다 합니다.

9. 목표 달성의 고통은 59분, 기쁨은 단지 1분.

10. 자신이 불행하다는 사실을 인정하지 않습니다.

잘 보여야 한다는 생각이 나를 괴롭힙니다

요즘 회식 자리에서 건배를 하는데 손이 떨리는 사람이 더러 있습니다.

사람들 앞에서 말을 잘 못하는 발표 불안이 우리나라 공포중 1위입니다.

누가 보고 있으면 글씨를 전혀 쓰지 못하는 이들도 있습니다.

누군가가 옆에만 있으면 어깨가 긴장되어서 굳어버리는 사람도 있습니다.

왜 그럴까요?

실수하지 않고 좋은 모습만 보이려고

애를 쓰다 보니 긴장이 심해진 겁니다.

잘 보이려고 애를 쓴다고 해서 좋은 평가를 받지 않습니다.

그냥 내가 할 수 있는 최선을 다하면 그만입니다.

눈치 보지 마세요.

조금이라도 남에게 덕 볼 생각을 하지 않으면 눈치 안 봐도 됩니다.

사람에게 상처를 줬어요

어느 날 친구에게 말실수를 크게 한 적이 있었습니다.

전화를 끊고 나니 후회가 밀려오더군요.

"내가 왜 그 말을 했을까?"라며 자책이 밀려왔습니다.

불현듯 이런 생각이 들더군요.

저는 그 순간에도 그 사람이 받았을 상처를 생각하기보다는,

그 사람이 나를 어떻게 볼까? 라는 나의 이미지만 생각했던 겁니다.

말실수도 잘못한 것이지만,

그 사람의 상처를 대하는 저의 태도에 큰 문제가 있었던 겁니다.

깊이 반성하고 말실수에 대한 저의 잘못을 사과했습니다.

물론 그 사람의 마음은 한 번에 풀리지 않았습니다.

그 사람이 나를 미워하고 원망하고 안 좋게 보는 것은 당연합니다.

저는 실수에 대한 대가를 받아야 할 사람인 겁니다.

그래서 당장 하루아침에 마치 없었던 일처럼

무마하려 하지 않기로 했습니다.

충분히 화가 풀릴 때까지 반성하는 마음으로 기다리기로 했습니다.

우리 삶에서도 더러 저와 같은 잘못된 말실수와 행동을 하곤 합니다.

그럴 때 자책하기보다는 내가 만든 원인이기에

그에 따른 대가를 받을 각오를 해야 합니다.

그렇지 않으면 상대방의 상처보다는
자신의 안위를 지키기에 급급해집니다.

이런 사소한 일상에서도 잘못을 했으면
벌을 받는 것은 당연하게 받아들여야 합니다.
자꾸 죄를 최소화하려고 하면 타인에겐 더 큰 상처가 되며,
자신 또한 충분한 반성 없이
그 순간만을 모면하려는 거짓말만 늘어나게 됩니다.

실수를 하지 않는 것이 최선이며,
만약 실수를 했다면 그에 따른 합당한 대가와 책임을
겸허하게 수용할 줄 아는 지혜로운 사람이 되어야 할 것입니다.
그래야 두 번 다시 실수하지 않게 됩니다.

남자친구가 바람을 피웠어요

헤어지고 난 뒤 배신감에 잠을 못 이루는 여성들이 더러 있습니다.
그러나 잘 생각해 봐야 합니다.

전 남자친구에게 감사해야 하지 않을까요?
그런 사실을 모르고 결혼까지 했다면
그땐 얼마나 내 삶이 고통스러울까요?

결혼할 때 조건(돈, 외모, 명예, 직장 등)을 보고 판단하지 마세요.
그 조건에 취해서 그 사람이 가지고 있는
본래의 인품이나 성향을 자세히 못 보게 됩니다.

둥근 돌이 됩시다

둥근 돌을 산꼭대기에서 굴리면 잘 굴러갑니다.

중간에 나무와 같은 장애물을 만나면 툭 부딪히고 금세 빠져 나갑니다.

"그래, 내가 알아서 피해 갈게."

결국 가고자 하는 최종 목적지에 도달하게 되지요.

모가 난 돌은 아무리 굴려도 금세 멈춰 버립니다.

한 번 걸리면 돌아갈 줄 모르고 고집을 피우곤 합니다.

"너 비켜, 너 때문에 내가 갈 수가 없잖아."

인간관계도 그러합니다.

내가 모가 많이 날수록 사사건건 다툼과 분쟁이 발생하게 됩니다.

대수롭지 않은 일들을 가볍게 넘길 줄 아는 지혜가 필요한 시점입니다.

나라는 둥근 돌을 한 번 멋지게 굴려 보실래요?

타인의 단점을 잘 보는 사람은 자신 또한 그런 단점이 많다는 것이며,

타인의 장점을 잘 보는 사람은 자신 또한 그런 장점이 많다는 겁니다.

우린 보고자 하는 것만 보는 것 같습니다.

갖고 싶은 것이 있으면 먼저 주세요

상대로부터 **사랑**을 받고 싶으면 내가 먼저 **사랑**을 주어야 합니다.
상대로부터 **칭찬**을 받고 싶으면 내가 먼저 **칭찬**해 주어야 합니다.
상대로부터 **관심**을 받고 싶으면 내가 먼저 **관심**을 주어야 합니다.
상대로부터 **인정**을 받고 싶으면 내가 먼저 **인정**해 주어야 합니다.

그러면 틀림없이 상대도 나에게 그것을 주게 될 겁니다.
우린 서로가 먼저 요구를 합니다.

"네가 주면 내가 줄게."
그러다가 좋은 세상 서로를 미워하며 살아갑니다.

사람을 보는 지혜로운 안목

평생 함께해야 할 배우자를 선택하는 것은 가장 신중해야 합니다.
나의 지식과 지혜를 이끌어 줄
올바른 스승을 만나는 것은 최고의 복입니다.
힘들 때 가장 든든한 지원군이
될 수 있는 친구를 사귀는 것도 참 중요합니다.

내 인생에 유익하고 도움이 되는 사람을 고르는 한 가지 방법이 있습니다.
"그 사람이 약자를 대할 때의 모습이 바로 나를 대하는 모습입니다."

나의 배우자, 스승, 친구가 약자를 대할 때
나를 똑같이 대한다는 생각을 갖고 있으면
당신은 사람을 사귀는데 좋은 안목을 갖게 될 겁니다.

너무 가깝지도 너무 멀지도

인간관계는 난로와 같다고 합니다.

너무 가까우면 손이 탈 정도로 뜨겁고,

너무 멀면 손이 얼어 버릴 정도로 차가워집니다.

너무 가깝게 다가서면 가까워진 듯 친밀감을 느낄 수 있지만,

그만큼 사소한 일로도 다투거나 싸워서 쉽게 헤어지게 됩니다.

너무 멀리 가면 그 사람에게 무관심해지면서

쉽게 인연이 끊어지기 마련입니다.

너무 가까우면 적당히 멀리하고, 너무 멀면 적당히 가깝게 다가서는 것이

서로에게 좋은 인연을 오래도록 유지하는 가장 좋은 방법입니다.

서로 껴안고 걸어가면 발이 뒤엉켜 넘어지게 되며,

너무 떨어져서 가면 서로 딴 방향으로 걸어가게 됩니다.

손을 잡고 걸어가는 것처럼 서로에게 적당한 거리가 필요합니다.

말! 말! 말조심 하세요

중국인들은 사람이 패가망신하는 원인의 80%가

신중하지 못한 말 때문이라고 합니다.

한 번 내뱉은 말은 두 번 다시 주워 담을 수가 없습니다.

다음의 네 가지를 유념한다면 말로 인해서

당신의 삶이 망가지지는 않을 겁니다.

첫 번째 : 쓸데없이 말을 많이 하지 않아야 합니다.

두 번째 : 남의 단점을 지적하지 않아야 합니다.

세 번째 : 우정이 얕으면 깊은 말을 나누지 않습니다.

네 번째 : 자신과 관련 없는 일에는 아예 입을 열지 않습니다.

특히 직장인들은 동료들과 술자리에서

결코 입을 가볍게 놀리지 말아야 할 겁니다.

사람을 바꾸려고 애쓰지 마세요

내 마음 하나조차 바꾸기 힘든데,

하물며 어찌 타인의 마음을 바꿀 수 있을까요?

바꾸려고 하는 순간 그 사람에 대한 미움과 분노가 올라오게 됩니다.

그때부터 싸움이 벌어집니다.

나의 편함을 위해서 타인을 바꾸려고 하는 것은 가장 큰 욕심입니다.

이는 상대방에게 고통을 감수하라는 말과 같습니다.

그럴 시간에 부족한 나 자신 먼저 돌아보고 바꾸는 것이 훨씬 현명합니다.

나의 변화를 보고 타인도 서서히 변화될 겁니다.

이 세상에서 가장 어려운 것은 다른 사람의 마음을 바꾸려는 것이며,

이 세상에서 가장 쉬운 것은 바로 내 마음을 바꾸는 것입니다.

진짜 마음 가짜 마음

말보다 중요한 것은 경청입니다

'10% 말하고 90% 경청하라'는 말이 있습니다.

사람들과 말할 때 그 사람의 말을 듣지 않고

자기 말만 하거나 비난을 하곤 합니다.

타인의 말을 다 듣지도 않고 미리 잘라 버립니다.

"됐어, 듣기 싫어.", "쓸데없는 소리 하지 마.",

"네가 잘못했네.", "넌 왜 그 모양이니?"

이렇게 말할 때 당신의 기분은 어떨까요?

심한 모멸감을 느끼게 될 겁니다.

충분히 들어 주고 나서 조언을 해도 늦지 않을 텐데

너무 쉽게 한 사람의 인격을 무시합니다.

그러면 그 사람은 더 이상 나와는 깊은 대화를 나누려 하지 않게 될 겁니다.

나중에 내가 힘들어서 고민을 털어놓게 되면

그 사람도 나와 똑같은 반응을 하게 될 겁니다.

당신이 인간관계에서 외로움을 많이 느낀다면

그것은 경청의 기술이 부족해서일 겁니다.

경청을 해야만 올바른 대화법을 알게 되는데,

자기 말만 하다가 엉뚱한 소리만 늘어놓게 됩니다.

귀는 닫도록 만들어지지 않았지만, 입은 언제나 닫을 수 있게 되어 있습니다.

사람의 열쇠

착한 사람 콤플렉스

어릴 때 가장 많이 들었던 소리가 있습니다.

"아이가 참 조용하고 착하네요."
"부모 속을 썩이지 않아서 좋겠네요."
"아이가 인사성이 참 좋네요."

그땐 이 말들을 듣는 것이 참 좋았는데,
마음공부를 하고 보니 조금 아니더군요.
그 당시 내 마음까지도 행복하고 자유로웠다면 상관이 없지만,
그때는 항상 우울하고 불안하고 남의 눈치 보듯 살아왔던 것 같습니다.
할 말도 못 하고, 하고 싶은 것도 못 하고,
오로지 남들에게 칭찬받고 사랑받기 위해서
가면을 쓰듯 나 자신을 많이 억압했던 겁니다.

진정 착한 사람은 자기감정을 진솔하게 표현할 줄 아는 사람입니다.
설령 욕을 먹고 비난을 받더라도 자신을 존중할 줄 아는 사람이지요.

남에게 작은 예쁨을 보이기 위해서 자신을 속이는 것은
결국 자기기만 행위와도 같습니다.
그 억압된 분노는 나중에 무시무시한 공격성과
사람에 대한 미움으로 바뀌게 됩니다.

남에게 착한 사람으로 비치기보다는, 일단 나 자신에게 착한 사람이 됩시다.
그 후에 선한 마음을 다른 사람들에게 베풀어 줘도 늦지 않습니다.

사
람
의
열
쇠

사기 안 당하는 법

사기꾼은 어떻게 해서라도 사기를 치려고 합니다.

모든 수단과 방법을 가리지 않게 될 겁니다.

사기를 잘 당하는 사람은 지나치게 순수하거나 욕심이 많은 이들입니다.

사기꾼은 상상 이상으로 좋은 조건을 나에게 제시하게 될 겁니다.

욕심이 많은 사람은 순간 돈 욕심에 취해서

이성이 마비되기에 무리한 선택을 하게 됩니다.

우리가 생각하는 보통 수준과 다른 것이라면

그것은 사기일 확률이 높습니다.

가격이 엄청나게 싸거나, 쉽게 성공하거나, 기적의 만병통치약이거나,

쉽게 돈을 벌 수 있다는 것 등은 대체적으로

문제가 있기 때문에 그런 것입니다.

사기가 아니라면 당장 이득은 많을지 몰라도,

다른 것에 비해서 큰 리스크를 갖게 됩니다.

한두 번은 피해갈지 모르지만 그 리스크는 결국

내가 떠안게 될 겁니다.

그저 내 손으로 피땀 흘려서 정직하게 버는 것이 최고의 방법입니다.

지름길은 없습니다.

그것을 가장한 사기만 존재할 뿐입니다.

진짜 마음 가짜 마음

거절도 잘해야 합니다

우리나라 사람들은 거절을 잘 못합니다.

그만큼 인간적이기 때문일 겁니다.

그런데 거절을 하지 못해서 자신과 타인에게

피해를 주는 경우가 있습니다.

만약 지인이 부탁을 했다면 내가 도와줄 수 있는지

없는지를 먼저 확인해야 합니다.

아무리 생각해도 내 능력 밖이라면

최대한 빠른 시일 내에 답변을 줘야 합니다.

부탁하는 사람은 다급한 상황에 놓여 있을 겁니다.

내가 그 부탁을 들어준다면 좋겠지만 도움을 주지 못할 때는

빨리 다른 방법을 찾을 수 있는 기회를 주어야 합니다.

괜히 도와주지도 못하면서 시간을 끌어 버리거나

우유부단하게 상대에게 희망 고문을 하면

나중에 나를 원망할 수도 있습니다.

어설픈 연민이 상대에게 더 큰 상처와 아픔을 줄 수도 있습니다.

만약 도움을 주게 된다면 기꺼이 즐거운 마음으로 도와주시고,

도움을 주고 나서 그 사람에게 생색내거나 공치사하지 않아야 할 겁니다.

싫으면 싫다고 말할 줄도 알아야 합니다

내가 표현하지 않으면 상대방은 좋아서 그런 것처럼 착각하게 됩니다.

시도 때도 없이 전화하는 친구의 전화를 받아 주면

아무 때고 전화를 하게 됩니다.

자기 말만 하는 친구의 고민을 들어 주다 보면

내가 즐거워서 들어 주는지 압니다.

한 번 두 번 돈을 빌려주다 보면 나중에는 당연하게 돈을 빌리려 합니다.

나에게 욕을 하는데도 참으면 아무 때고 욕설을 퍼붓게 됩니다.

이럴 때는 단호하게 싫다고 말을 해야 하는데 왜 그렇게 하지 못할까요?

상대방이 상처를 받거나 관계가 나빠질 것이 두려워서

아무 말도 못하고 참는 겁니다.

겉으로는 아무 문제가 없을지 몰라도

이미 이러는 사이에 관계는 망가지고 있으며,

그대의 마음은 상대방에 대한 분노와 미움으로 가득 차 있을지도 모릅니다.

내가 정확하게 의사 표현을 하지 않으면 그들은 멈출 수가 없습니다.

그들은 내가 그것을 기분 좋게 허용해 주고 있다고

착각하고 있기 때문입니다.

배려도 좋지만 그것 때문에 당신의 삶이 고통을 받으면 안 됩니다.

진짜 마음 가짜 마음

결국 참다가 나중에는 아예 관계를 끊어 버리거나
엄청난 분노를 상대방에게 던지게 됩니다.

"네가 자주 전화를 해서 나 너무 힘드니 적당히 했으면 좋겠어."
"너는 네 말만 하니 너와 대화를 하면 별로 즐겁지가 않아."
"내가 돈을 자꾸 빌려주면 너를 더 약하게 만들 거야.
너 스스로 일어서길 바란다."
"나에게 계속 욕을 하면 너와 함께할 수 없으니 그 버릇을 고쳤으면 한다."

어쩌면 그대가 상대방의 잘못을 부추기고 있을지도 모릅니다.
그냥 '좋은 것이 좋다'라는 안일한 생각 속에서 받아 주다 보니
문제가 커진 겁니다.
내 생각과 감정을 정확하게 표현하는 것은 나쁜 것이 아닙니다.
그것이 나와 타인을 보호하는 길이며
관계를 오래도록 유지하는 방법입니다.

부당한 돈을 받으면 탈이 납니다

내 지위가 올라가서 권력이 생기면 청탁이 들어오게 됩니다.
학교 선생님은 촌지를 요구하지도, 받지도 않아야 합니다.
감독은 돈을 받고 부당하게 선수 선발을 하지 않아야 합니다.
정치인은 돈을 받고 특정 회사에 유리하게 도움을 줘서는 안 됩니다.
공직자는 청렴결백하게 살아가야 합니다.

쉽게 올라가려는 사람과 쉽게 올려줄 수 있는
사람 사이에는 틀림없이 돈이 오가기 마련입니다.
당장은 검은돈의 유혹이 달콤할지 몰라도 언젠가는 들통 나기 마련입니다.
나는 잊어버릴지 몰라도, 뇌물을 준 사람은 모든 자료와 함께
언젠가는 나를 압박하려 들 겁니다.

왜냐하면 돈을 줬기 때문에 그만큼의 이득을 요구하려 들 테니까요
당장 눈앞의 이익을 추구하려다 평생 일궈 놓은
명예와 신용을 잃게 될 겁니다.
부당한 돈은 주지도 받지도 않는 것이
당신의 삶을 안정적으로 유지하는 최선의 길입니다.

남녀가 헤어지는 변명

"사랑했지만 사주가 맞지 않아서 헤어졌어요."

"부모의 반대 때문에 더 이상 만날 수가 없었어요."

왠지 그럴듯하나 정말 그럴까요?

전 그렇게 생각하지 않습니다.

그만큼 서로에 대한 확신이 부족했기 때문에 쉽게 흔들리는 겁니다.

사랑했지만 어쩔 수 없는 사정 때문에 보내 주었다는

좋은 이미지로 보이고 싶어서 그런 것이 아닐까요?

"난 착한 사람이야, 할 수 없이 너를 보내 줄 수밖에 없었어."

상처 주고 싶지 않고 상처 받고 싶지 않은 마음이 만들어 낸 변명입니다.

헤어질 거면서 괜히 상대방에게 기대심을 주지 마세요.

당신의 진짜 마음을 모르는 상대방은

오랜 시간 아파하고 힘들어 할 수도 있습니다.

사랑은 흔들리지 않습니다.

가장 솔직하고 순수해야 합니다.

싸움보다는 배움의 관계를 배우세요

나와 똑같은 생각을 지닌 이는 한 명도 없습니다.

나와 다름을 인정하게 되면 상대를 바꾸려 하지 않습니다.

사람을 만난다는 것은 100°의 물과 0°의 물이 만나는 것과 같습니다.

뜨겁지도 차갑지도 않은 가장 적절한 온도를 유지하는 것을

배우는 과정이라 생각합니다.

내가 심각할 정도로 결벽증이 있다면

타인을 통해서 자유분방함을 배울 수 있습니다.

내가 완벽주의 성격이라면 타인을 통해서

인생을 가볍게 사는 단순함을 배울 수 있습니다.

내가 지나칠 정도로 양심적인 사람이라면

타인을 통해서 적당한 융통성을 배울 수 있습니다.

내가 욕심이 많은 사람이라면 타인을 통해서

베풀어 주는 즐거움을 배울 수 있습니다.

내가 불같은 화를 지닌 사람이라면 타인을 통해서

기다려 주는 배려를 배울 수 있습니다.

배우고자 하면 우린 삶의 현장에서 자신을 성장시켜 줄

수많은 스승을 만나게 될 겁니다.

수만 권의 책보다 더 소중한 사람을 통해서 배우시기 바랍니다.

동정과 공감

타인의 아픔을 머리로 이해하는 것을 동정이라고 합니다.
타인의 아픔을 가슴으로 느끼는 것을 공감이라고 합니다.

동정은 '나'와 '너'가 분리되기에 아픔을 함께 나누기가 어렵지만,
공감은 '나'와 '너'가 하나가 되기에
그나 그녀의 고통을 함께 나눌 수가 있습니다.
감동은 공감에서 시작됩니다.
동정조차 없다면 사이코패스가 될 확률이 높습니다.
현대인들에게 가장 필요한 심리적 능력은 바로 공감 능력입니다.
동정을 하면 그 사람에 대해서 불과 10%밖에 알 수가 없지만,
공감을 하면 그 사람에 대해서 온전히 이해할 수가 있습니다.
그만큼 타인에게 긍정적인 영향력을 발휘할 수가 있습니다.

훌륭한 리더의 첫 번째 조건은?
자녀를 올바르게 키울 수 있는 첫 번째 조건은?
인간관계를 잘할 수 있는 첫 번째 조건은?
행복한 사람들의 첫 번째 조건은?

바로 **공감**입니다.

모르면 물어보세요

이 세상에서 가장 큰 바보는 모르면서 아는 척하는 사람입니다.

그들은 평생 모르는 것을 알지 못한 채 살아가게 됩니다.

모르는 것은 결코 죄가 아닙니다.

자꾸 물어보면 바보 취급할 거라는 생각 때문에 입을 닫아 버리지만,

물어보지 못해서 결국 바보가 되어 버립니다.

공부 잘하는 아이는 질문을 많이 하지만,

못하는 아이는 혼자서 끙끙 앓습니다.

회사에서 업무를 잘하는 사람과 못하는

사람의 차이점도 여기에서 나타납니다.

이 세상에는 수많은 전문가들이 있습니다.

내가 모든 것을 잘할 수 없기 때문에

그들의 도움이 필요한 법입니다.

정말 그것을 몰라서 부끄러워한다면 지금이라도

물어봐서 아는 것이 좋지 않을까요?

그렇지 않으면 어떠한 것도 해결되지 못한 채

부끄러움과 어리석음만 쌓여 갑니다.

진짜 마음 가짜 마음

너무 직설적인 사람이라서 힘들어요

조금 배려해 주면 좋을 텐데
너무 말을 함부로 하고 나를 무시하듯 말하는 이들이 있습니다.
그러나 최소한 그들은 솔직하기 때문에
뒤에서 나를 험담하거나 뒤통수를 치지 않습니다.
자신의 패를 다 드러내기 때문입니다.

오히려 겉으로는 선한 척하고 속으로는
온갖 잔머리를 굴리는 사람이 더 위험한 법입니다.

우리가 경계해야 할 사람은 자기 성질에 못 이겨서
감정을 그대로 드러내는 사람이 아니라,
자신을 철저하게 숨기고 드러내지 않는 사람입니다.

사람의 열쇠

아첨은 독이 되어서 돌아옵니다

우리는 상사에게 아첨을 하면 나를 도와줄 것이라고 착각합니다.

당장은 내 비위를 거스르지 않기 때문에 내 곁에 두겠지만

실제 속마음은 나에 대한 믿음보다는

기껏해야 필요할 때 써 먹는 도구가 될 수 있습니다.

나와 함께 가는 파트너보다는

그저 내 말 대로 움직일 수 있는 편한 사람일 뿐입니다.

그런 모습을 보는 부하 직원은 '아첨꾼'이라고 경멸할지도 모릅니다.

내 소신과 철학도 없이 남의 눈치 보듯 살아서는 안 됩니다.

그럴 시간에 실력과 능력을 키워서 인정을 받는 것이 훨씬 좋습니다.

내가 리더라면 아첨꾼의 말에 놀아나서도 안 되고,

내가 부하 직원이라면 아첨을 통해서 승진하려는

도둑놈 심보를 버려야 할 것입니다.

진짜 마음 가짜 마음

자기합리화

나쁜 짓은 나쁜 짓일 뿐입니다.

그것을 아름답게 포장할수록 더 추악해집니다.

냄새나는 똥을 치우기보다는

그 위에 아름다운 꽃을 올려둔다고 해서 똥 냄새가 사라질까요?

잘못했으면 깔끔하게 인정하고 죄를 구하고 다시 시작해 보세요.

'꽃 중의 꽃'이라는 '자기합리화(花)'에 물들게 되면

내 마음속은 온통 똥 냄새로 진동하게 됩니다.

친구가 저를 질투해요

'사촌이 땅을 사면 배가 아프다'는 속담이 있습니다.

내가 잘 되는 것을 시기 질투해서 나를 괴롭히는 사람들이 더러 있습니다.

나는 아무런 잘못을 한 것도 없는데 이유 없이 미움을 받아서 참 속상할

겁니다. 다음의 두 가지를 생각해 보시기 바랍니다.

첫 번째는 친구에 비해서

내가 그만큼 부러움을 살만한 장점이 많은 사람이라는 겁니다.

그래서 너무 속상해하기보다는

내가 가진 그것에 감사함을 갖는 지혜가 필요합니다.

많이 가진 자는 베풀 줄 알아야 합니다.

총을 들고 있는 내가,

나무 막대기를 들고 있는 그와 똑같이 싸우려 해서는 안 됩니다.

두 번째는 항상 겸손함을 갖추어야 할 겁니다.

나는 아무 생각 없이 자랑했는데도 누군가는 그로 인해서

상처를 받거나 상대적인 박탈감을 느낄 수도 있습니다.

나를 드러낼 때는 과하지 않아야 하며, 타인을 깎아내리기 위한 목적이 되어서

는 안 됩니다. 내가 상대방의 입장이 되면 나 또한 그나 그녀를 질투할 수 있다

는 점을 기억해야 합니다.

진짜 마음 가짜 마음

회사 생활 잘하는 법

상사가 부하 직원에게 "김 대리, 일 좀 똑바로 안 할 거야?"라고 말하면
이렇게 말하면 됩니다.
"네, 똑바로 하겠습니다."
상사가 부하 직원에게 "보고서 다시 제출해."라고 말하면
이렇게 말하면 됩니다.
"네, 다시 제출하겠습니다."
어차피 해야 할 거라면 기분 좋게 해 주는 것이 좋습니다.

그렇게 말하면 상사는 더 이상 나에게 할 말이 없습니다.
괜히 핑계를 대거나 이유를 설명하면 그때부터 괴롭힘이 시작됩니다.
상사는 부하 직원으로부터 무시를 당했다고 생각하기 때문입니다.

회사 그만둘 생각이 아니거나 이유 없이 오해를 받은 상황이 아니라면
기분 좋게 'YES'를 외치세요.
어차피 할 거라면 말입니다.

이기주의자의 불행

인간은 모든 것을 자기 입장에서 생각하고 판단하기 마련입니다.

내가 하는 것은 정당하지만,

남이 하는 것은 부당하다는 사고 속에 갇히곤 합니다.

연인과 헤어지고 나서 사랑을 주기보다는 받기만 했다는 것을 알게 됩니다.

부모가 돌아가시고 나서 얼마나 불효를 저질렀는지 깨닫게 됩니다.

자기밖에 모르는 이기주의자는 공감 능력이 떨어지는 사람을 말합니다.

타인의 팔 하나가 끊어진 것보다

내 손톱에 박힌 가시가 더 아프다고 하소연을 합니다.

그렇게 살면 결국 소중한 사람들을 하나 둘 떠나보내게 됩니다.

아니, 그 사람들이 나를 떠나간 것이 맞을 겁니다.

모든 것을 나에게 유리하게 만들려고 하면 안 됩니다.

그것은 그만큼 상대방을 불리하게 만들게 됩니다.

때론 살다 보면 내가 조금 손해 볼 줄도 알아야 하고,

그들의 입장에서 이해하려고 노력해야 합니다.

베풀 줄 모르는 사람은 마음의 문이 닫혀 있어서

이 세상의 따뜻한 온정을 받을 수가 없습니다.

그래서 이기주의자는 항상 가슴이 답답하고

머리가 아프고 삶이 불행해집니다.

자기의 이익을 위해서 쉴 새 없이 머리를 굴리기 때문입니다.

진짜 마음 가짜 마음

나의 문제점을 알았다면 고쳐야 합니다

스스로 자기에 대해서 다 알 수가 없습니다.

인간관계를 하다 보면 나의 단점이나 부족한 점이 드러나게 됩니다.

그러면 상대방은 나에게 조언을 해 줍니다.

그것을 놓치지 않아야 합니다.

자존심 상해하거나, 기분 나쁘다고 귀를 막아 버리면

또다시 실수를 하게 되지요.

특히 나를 사랑하는 사람들의 조언은

그 어떤 스승의 말씀보다 큰 도움이 됩니다.

"넌 너무 게을러."라고 하면 "내가 뭐가 게으른데?"라고

하지 마시고 이렇게 물어보세요.

"당장 내가 뭐부터 고치면 좋을까?"라고 물어보면

방법들을 하나씩 알려 줄 겁니다.

당신이 성장할 수 있는 그 기회를 놓치지 마시기 바랍니다.

그렇지 않으면 많은 이들에게 비난을 받을 수도 있습니다.

나중에는 당신의 단점의 씨앗들이 자라서 그대의 삶을 파괴하려 들 겁니다.

사람도 쥐약을 먹습니다

쥐약은 쥐를 잡기 위한 독약입니다.

쥐는 그것이 쥐약인 줄도 모르고 먹습니다.

죽어 가는 그 순간 비로소 깨닫게 될 것입니다.

그러나 사람은 그것이 쥐약인 줄 알면서도 거침없이 먹곤 합니다.

만약 쥐는 그것이 목숨을 앗아가는 약이라면 먹지 않았을 겁니다.

쥐는 자기가 죽는 것을 무릅쓰고

순간의 욕심과 배고픔을 달래려 하지 않겠지요.

이와 반면 인간은 그것이 쥐약임을 알면서도 여전히

그것을 탐닉하고 집착하는 것 같습니다.

여러분 각자가 먹고 있는 쥐약이 있다면 이젠 그만 드시고,

내 몸과 마음을 행복하게 해 주는 좋은 약들을 드시기 바랍니다.

쥐보다 못한 인간이 되지 않아야 합니다.

기대하는 마음만 버리면 가벼워집니다

누군가가 나를 있는 그대로 봐주지 않고 부담을 주면 참 불편하지 않나요?
왠지 그 사람을 위해서 더 잘해야 할 것 같은 심한 압박감을 느끼게 됩니다.
나 역시도 누군가에게 기대를 했다가 내가 원하는 대로 되지 않을 때
상대로부터 심한 배신감을 느끼거나 큰 상처를 받게 됩니다.
기대하는 마음은 당신의 삶을 더욱더 괴롭게 만들게 될 겁니다.
기대하는 순간 나는 상대적으로 어린아이와 같은 약자가 되어 버립니다.

타인이 나의 기쁨과 슬픔을 좌지우지 하는 것은 참 슬픈 일입니다.
인간관계는 1:1의 동등한 관계이지
누군가에게 덕을 보거나 도움을 받으려 해서는 안 됩니다.
비겁해지지 않고 떳떳하고 당당하게 살고 싶다면
기대하는 마음을 멈추면 됩니다.
그러면 우린 저 하늘 위의 새처럼 자유롭게 내 삶을 살아갈 수가 있습니다.

사람을 잘 파악하는 방법

그 사람이 학력이 뛰어나다면 학력을 제외하고 바라보세요.

그 사람이 권력자라면 그가 가진 권력을 제외하고 바라보세요.

그녀가 아름답다면 그녀의 외모를 제외하고 바라보세요.

친구가 돈이 많다면 돈을 제외하고 바라보세요.

겉에 입고 있는 화려한 옷에 현혹되면

그나 그녀의 실제 모습을 볼 기회가 사라져 버립니다.

그 겉모습에 취해서 있는 그대로의 모습을 볼 수가 없기 때문입니다.

그럴 경우에 나중에 "당신 그렇게 안 봤는데 실망이야."라고

오해를 하곤 합니다.

이제 사람을 볼 때 그 사람을 대표할 만한

가장 큰 장점을 제외하고 보시기 바랍니다.

그러면 인간으로서의 본래 모습이 자연스럽게 보일 겁니다.

그가 입고 있는 옷과 그 사람의 실제 모습은 다를 수가 있습니다.

사람 자체의 품성이나 인격을 보는 것이 가장 정확하답니다.

우리 마음속 두 개의 저울

저울은 항상 정확하지만 우리 마음의 저울은 다른 것 같습니다.

남에게 줄 때는 실제보다 눈금이 많이 표시되고,

남에게 받을 때는 실제보다 눈금이 적게 표시됩니다.

집을 파는 사람은 어떻게 해서라도 비싸게 팔려고 하고,

집을 사는 사람은 어떻게 해서라도 싸게 살려고 합니다.

그래서 하나를 주고 하나를 받아도

항상 손해 본다는 아쉬움을 갖곤 합니다.

두 저울의 눈금을 같게 한다면 서로가 공평하기에 싸울 일이 없습니다.

남에게 받을 때의 눈금을 조금 더 늘려 줄 수 있다면

당신은 항상 이득을 보게 됩니다.

남에게 하나라도 더 많이 받으려는 사람은

항상 배가 고프고 손해를 보게 되지만,

진심으로 베푸는 사람은 항상 스스로

부자라는 생각 속에서 삶을 행복하게 살아가게 됩니다.

제6장

최면의 열쇠

자기 최면의 7가지 비밀

1. 현재 진행형으로 하세요.

예) "나는 행복해질 것이다." → "나는 지금이 가장 행복하다."

앞으로 달성할 소원을 염원하는 것이 아니라,

이미 그것을 달성했다고 믿을 때

잠재의식은 그 상상을 실제처럼 받아들이게 됩니다.

2. 부정적인 말을 되도록 삼가세요.

예) "나는 떨지 않는다." → "나는 당당하게 말한다."

"나는 떨지 않는다."를 말할 때

우리의 잠재의식은 떨림에 대한 공포나 짜증을

이미지화하게 됩니다.

엄마가 아들에게 "게임 하지 마!"라고 했을 때 아들의 머릿속에는

게임을 하고 싶은 생각이 가득 차게 되는 것처럼 말입니다.

3. 확신에 가득 찬 어조로 말합니다.

예) "좋은 대학에 합격했으면 좋겠다."

→ "나는 기필코 A대학에 합격하게 될 거다."

나 스스로 확신하지 않으면 마음속에서 불확실성에 대한

의심과 걱정이 가득 차게 됩니다.

4. 꾸준한 반복만이 내 안의 이미지를 바꿀 수가 있습니다.

오랜 습관과 잘못된 신념을 바꾸기 위해서는

최소 100일 이상의 노력이 필요합니다.

5. 내가 원하는 것이 실제 이루어진 것처럼 느끼고 상상해야 합니다.

단지 말만 하는 것이 아닙니다.

간절함과 의지를 담았을 때 놀라운 변화가 일어납니다.

발 연기 하지 마세요. 나도 어색하고 보는 사람도 어색해집니다.

6. 어떠한 일이 있어도 자기 비난은 하지 않습니다.

심리학 연구에 의하면 부정의 힘이

긍정의 힘보다 7배나 힘이 세다고 합니다.

비난을 하고 싶을 때 칭찬과 긍정의 힘을

실어 준다면 당신은 진정한 자기 최면 전문가가 됩니다.

7. 행동과 실천을 기반으로 해야 합니다.

실제 상상하고 원했던 바를 당장 현장에서 옮기려는 의지가 필요합니다.

그 경험과 과정을 겪지 않으면 고인 물이 썩듯이

긍정적인 마음이 쓰레기 더미가 되어 버립니다.

나에게 해줄 수 있는 최고의 한 마디

나 스스로가 가장 비참하다고 느낄 때?

죽고 싶을 정도로 삶이 괴롭고 속상할 때?

앞날이 캄캄할 정도로 막다른 궁지에 몰렸을 때?

그런 나를 일으켜 줄 수 있는 자기 암시문 한 문장을 만들어 보세요.

그 한 문장이 나를 살려 주는 최고의 친구가 될 겁니다.

저는 아침마다 제 영혼에게 이렇게 속삭여 준답니다.

"나는 이 세상에서 가장 소중한 사람입니다."

진짜 마음 가짜 마음

모든 것은 자기 최면

성공하는 사람은 긍정적인 자기 최면을 걸며 살고,

실패하는 사람은 부정적인 자기 최면을 걸며 삽니다.

우리 모든 삶은 스스로가 만들어 낸 자기 최면의 결과일 뿐입니다.

당신은 아침에 일어날 때 어떤 생각을 하나요?

눈을 뜨자마자 자기 최면의 세상이 열립니다.

오늘부터 긍정적인 상상과 함께 멋진 운명을 만들어 가 봅시다.

최면의 열쇠

의지하지 마시고 의지를 내세요

담배를 끊기 위해 금연 껌을 씹지만, 나중에는 금연 껌에 중독이 됩니다.

잠을 자기 위해 수면제를 먹지만,

수면제 없이는 못 자거나 수면제를 먹어도 잠을 못 자게 됩니다.

스트레스를 술로 풀다가, 평생 알코올 중독으로 살아가기도 합니다.

마음을 편하게 하려고 정신과 약을 먹지만,

나중에는 약을 안 먹으면 불안해집니다.

왼발에 붙은 테이프를 떼기 위해서

오른발의 도움을 받지만 테이프는 오른발에 붙게 됩니다.

언 발에 오줌을 누면 녹을지 몰라도

잠시 후에는 그것마저도 차갑게 얼어 버릴 겁니다.

어떤 것에 의지하게 되면(쉬운 방법) 당장은 편할지 몰라도

그만큼 내 안의 의지력은 떨어지게 됩니다.

나중에는 그것 없이 못 살 정도로 나약한 어린아이가 되어 버립니다.

나 자신을 최고의 '의지 처'로 삼아야 합니다.

자꾸 외부 대상에 기대려는 순간 우리 자신은 약해질 뿐입니다.

진짜 마음 가짜 마음

타인은 당신을 최면 걸 수가 없습니다

타인이 당신을 조정하거나 통제할 수가 없습니다.
겉으로는 그들이 암시를 걸어서
당신을 맘대로 하는 것처럼 보일지 모르지만,
실제 아무런 힘이 없습니다.

단지 당신의 마음이 그것을 동조하느냐?
그렇지 않느냐? 그 차이일 뿐입니다.

누구도 당신을 통제할 수가 없습니다.
이것만 믿으시면 됩니다.
오로지 당신만이 당신의 운명을 개척할 수가 있습니다.

나만의 앵커링을 만들어 보세요

'앵커링(anchoring)'이란 닻 내림을 말합니다.

배가 닻을 내리면 그 이상 움직이지 못하고 정박을 하게 됩니다.

이처럼 우리의 마음도 특정 신호를 통해서

특정 감정 상태를 느끼게 됩니다.

비가 오는 날 나도 모르게 헤어진 여자친구가 생각난다든지,

책만 보면 나도 모르게 잠이 솔솔 온다든지,

누군가가 나를 비난하면 어린 시절

아버지의 무서운 눈빛이 떠오른다든지,

행복했던 시절을 떠올리면 입가에 미소가 흘러나오는 등

이런 모든 것들이 과거의 특정 자극에 대한

현재의 반응이라 할 수가 있습니다.

앵커링은 자신에게 도움이 되는 긍정적인 요소를 개발하는 방법입니다.

1. 눈을 감고 가장 자신감이 넘쳐흐르는 상상을 합니다. (1분)

2. 그 장면을 오감을 통해서 최대한 리얼하게 느낍니다. (1분)

3. 자신감에 찬 감정(정서, 느낌)이 고조될 때 오른손 주먹을 꽉 쥡니다.

   (깍지 끼기, 머리 및 가슴 지그시 눌러 주기, 웃는 표정 등을 선택해도 됨.)

   그 모든 느낌을 당신의 오른손 주먹에 저장하는 과정입니다. (10초)

진짜 마음 가짜 마음

4. 천천히 눈을 뜨고 당신의 오른손 주먹을 쥐어 보시기 바랍니다.

그러면 좀 전에 상상했던 그 좋은 느낌들이 몸과 마음에서 느껴질 것입니다.

이 방법대로 자주 연습하다 보면 일상생활에서도

위와 같은 긍정적인 기분이나 느낌을 쉽게 현재로 가져올 수 있습니다.

이 앵커링은 특히 심리적으로 불안하고 긴장될 때 큰 도움이 됩니다.

그럴 때 당신의 오른손 주먹을 꽉 쥐어 보세요.

이제 여러분만의 비장의 무기를 만들어 보세요.

자존심 vs 자존감 vs 자신감

얼핏 보면 비슷한 의미 같지만 의미는 조금씩 다릅니다.

자존심과 자존감은 스스로를 존중하는 마음(감정)입니다.

자존심은 타인과의 비교 평가를 통해서 존중받는 마음이며,

자존감은 타인과의 비교 평가 없이 스스로가 존중해 주는 마음입니다.

냉정하게 말하면 자존심의 주인은 내가 아닌 타인이 되며,

자존감의 주인은 타인이 아닌 내가 주인이 됩니다.

자존심이 센 사람은 강한 사람이 아닙니다.

남에게 잘 보이기 위해서 항상 완벽한 모습을 유지하려고 합니다.

그러나 그 모습이 유지되지 않으면 금세 심리가 붕괴되어 버립니다.

자존감이 높은 사람은 남에게

잘 보일 필요가 없기에 자신의 길을 묵묵히 걸어가게 됩니다.

실수나 실패에도 아랑곳하지 않고

교훈 삼아 다시 새로운 출발을 할 수가 있습니다.

진정한 '멘탈 갑'이라 할 수 있습니다.

자존감이 높은 사람은 어릴 때부터 부모로부터

온전한 사랑을 받으면서 형성됩니다.

자존심이 센 사람은 사랑을 받지 못한

불안한 심리를 숨기기 위해서 강한 척을 하게 됩니다.

자존심에서 형성된 자기 능력의 확신은

오만과 함께 이기주의자가 될 수 있지만,

자존감에서 형성된 자기 능력의 확신은

열정과 함께 건강한 현실주의자가 될 수 있습니다.

자신감은 성공 경험을 통해서 자신의 능력을 믿어주는 마음입니다.

자존심에서 형성된 자신감은 실패가 찾아오면

자신을 불신하며 비난하게 됩니다.

자존감에서 형성된 자신감은

실패와 상관없이 자신의 능력을 끝까지 믿게 됩니다.

의식과 잠재의식의 대결

의식과 잠재의식이 싸우면 누가 이길까요?

저는 100% 잠재의식이 이긴다고 생각합니다.

억지로 머리 싸매면서 공부하는 학생과,

공부를 즐기면서 하는 학생의 대결과도 같습니다.

의식은 머리가 주도하는 삶이며,

잠재의식은 가슴이 주도하는 삶이라 할 수 있습니다.

의식은 당장의 이득과 욕심을 바라보지만,

잠재의식은 내 삶의 행복을 바라봅니다.

빙산의 일각이라고 하지요?

겉으로 드러난 빙산은 극히 일부분일 뿐입니다.

나무의 뿌리가 썩어 버리면 가지와 열매는 금세 썩어 버립니다.

잠재의식에게 물을 주세요.

가슴이 뛰는 삶에 집중하세요.

불가능(실패)보다는 가능성(성공)에 초점을 두세요.

눈앞의 두려움보다는 그것을 극복했을 때의 행복을 먼저 선택하세요.

불가능하다고 믿는 그대 자신만 존재합니다

'impossible(불가능)'이라고 쓰고

읽을 때는 'i'm possible(나는 가능하다)'라고 하면 됩니다.

인생은 불가능하다고 생각하는 것을 가능으로 바꾸는 즐거운 게임입니다.

라이트 형제의 놀라운 상상이 하늘을 날게 된 것처럼

당신에게 모든 기회와 가능성을 열어 주세요.

'**자살**'이라는 글자를 거꾸로 읽으면 '**살자**'가 됩니다.

'**스트레스**(stressed)'를 거꾸로 읽으면 '**디저트**(desserts)'가 됩니다.

자살할 용기가 있으면 두 주먹 불끈 쥐고 멋지게 살아봅시다.

스트레스 받지 말고 디저트처럼 맛나게 먹어 버리세요.

하늘은 여러분이 충분히 감당할 만한 고난을 준다고 합니다.

고난의 문을 넘어서는 순간 진정한 자유로움과 행복을 느끼게 될 것입니다.

모든 것은 마음먹기 나름입니다.

최면의 열쇠

도대체 무엇이 긍정인가요?

사람들은 좋은 방향으로 생각하는 것을 긍정이라고 쉽게 생각합니다.

마치 부정의 반대 개념으로 이해를 하지요.

이런 잘못된 개념으로 인해서 긍정의 배신이라는 말이 나오게 되었지요.

긍정의 **'첫 번째 원칙'**은 부정조차도 수용하는 긍정을 말합니다.

좋은 것을 긍정 나쁜 것을 부정이라고

규명해 버리면 마음속에 좋고 나쁨이 생겨 버립니다.

이렇게 이분법적으로 구분할 때 우리의 마음은 괴로움에 시달리게 되지요.

건강한 아이를 긍정이라고 하고

신체적 장애가 있는 아이를 부정이라고 하는 것과 같습니다.

이 두 아이를 있는 그대로 사랑해 주고

수용하는 자세를 바로 긍정이라고 합니다.

'두 번째 원칙'은 현실적이고 합리적일 때 올바른 긍정의 힘이 발현됩니다.

긍정적인 생각을 갖는 것은 어떤 노력이나 애씀이 필요한 것이 아니라,

그것이 나에게 가장 자연스럽고

도움이 되기 때문에 그렇게 마음을 선택하는 것입니다.

나를 감싸기 위한, 현실을 부정하기 위한 방법이라면

그것은 결국 부정이 되어 버립니다.

'**세 번째 원칙**'은 말과 생각에 너무 맹신하지 말아야 합니다.

그것이 긍정을 일으키는 시작은 되지만 그것으로 끝나 버리면

자칫 긍정적으로 살아야 한다는 자기 압박감에 시달리게 됩니다.

실천 없는 사고는 자기 불신과 같은 부정의 씨앗이 됩니다.

많은 이들이 '긍정적으로 살자!'라며 외치면서 살아갑니다.

그러나 정작 그 의미조차도 제대로 이해하지 못하고 사용하게 된다면

그것은 긍정이 아닌 부정을 위한

노력이 될 수도 있다는 점을 유념해야 합니다.

최면의 열쇠

나를 살리는 긍정의 힘

2차 세계 대전 때 두 명의 포로가 잡혔습니다.
한 사람은 "난 이제 죽었구나."라면서
땅만 보며 죽을 날만 기다렸다고 합니다.
다른 한 사람은 "꼭 살아서 가족을 만나고 말 테야."라면서
쇠창살 밖의 세상을 봤다고 합니다.

전자는 자기 말처럼 죽게 되었고,
후자는 놀라운 긍정의 힘으로 결국 가족을 만나게 되었습니다.
먹구름이 태양을 가렸다고 해서 태양이 사라진 것은 아닙니다.
끝까지 포기하지 않고 기다리면 언젠가
태양이 환하게 나를 밝혀 줄 겁니다.

'긍정'이라는 말에서 'ㅇ'을 빼 버리면 '그저'가 되어 버립니다.
우리의 인생에서 긍정이 사라져 버리면 그저 그런 삶이 될 수밖에 없습니다.

제한적 신념에서 벗어나세요

인간은 무궁무진한 능력을 가졌음에도 불구하고 스스로 저평가하는 경우가 많습니다. 이를 제한점 신념(limited belief)이라고 합니다. 스스로에 대한 한계점을 정해 버렸기에 더는 그 이상을 나아갈 수가 없습니다.

"난 머리가 나빠서 공부를 못해."라고 단정하면
공부만 떠올려도 머리에 전쟁이 날 겁니다.
"난 나약해."라고 단정하면
당신은 힘든 순간에 포기라는 단어밖에 선택할 수가 없습니다.
"난 소심해요."라고 단정하면
그 뒤로는 사람들을 만날 때 눈도 마주치지 못할 수도 있습니다.
"난 무능력해."라고 단정하면
그 무엇을 하더라도 무능력한 자기를 마주하게 될 겁니다.

우린 스스로가 만든 제한적 신념의 틀 속에서 살아가곤 합니다.
여러분은 어떤 제한적 신념을 만들어서 자신을 초라하게 만들고 있나요?
이제 그 낡아빠진 틀을 깨부수고 나에게
가능성의 문을 열어 주시기 바랍니다.
나이 들어서 늙은 것보다 더 괴로운 것은
그대의 늙은 사고방식입니다.

203

당당해지고 싶나요?

길거리를 지나가면서 사람들의 자세를 관찰해 보십시오.

A라는 사람은 허리를 곧게 세우고
시선은 정면을 주시하고 어깨를 활짝 펴고 걷습니다.
B라는 사람은 허리가 구부정하고
시선은 아래를 향하고 어깨는 축 늘어져 있습니다.

당당해지고 싶다면 당장 당신의 자세를 바꾸십시오.
몸이 일어서지 않으면 마음 또한 일어설 수가 없습니다.

억지 자기 최면과 수용의 자기 최면

모든 사람은 스스로 최면을 걸면서 살곤 합니다.

저도 초등학교 때부터 '나는 할 수 있다!'라면서

거울을 보며 최면을 걸었습니다.

그런데 그럴 때마다 가슴이 답답해지면서 눈물이 나더군요.

'왜 나는 자기 최면이 안 되는 걸까?'라며 의심이 들더군요.

얼마 전에 알게 되었습니다.

제가 자기 최면을 걸 때 실제 속마음은 이랬습니다.

'빨리 행복해지란 말이야, 난 너의 약한 모습이 싫어, 넌 왜 그 모양이니?'

겉으로는 웃었지만 속으로는 못난 나 자신을 향해서

화를 내고 미워했던 겁니다.

있는 그대로의 나를 받아들이고 수용하는

마음 없이 억지로 나를 바꾸려 했던 거지요.

우리의 무의식(영혼)은 그렇게 멍청하지 않습니다.

어떠한 거짓말을 해도 속아 넘어가시 않습니다.

진실한 마음으로 순수하게 자신에게 대화를 했을 때

비로소 반응을 하게 됩니다.

'친구야 미안, 내가 너를 너무 재촉했구나.

우리 이제부터 행복해질 수 있도록 노력해 보자.'

내 마음속의 내면아이와 대화하는 법

우리 마음속에는 5살 먹은 어린 꼬맹이가 살고 있다고 합니다.

이 어린 소년, 소녀를 어떻게 대해야 할까요?

잔소리하고 질책하고 화내고 미워해야 할까요?

아니면, 항상 따스한 마음으로 달래 주고 안아 주어야 할까요?

후자처럼 대해야 합니다.

그래야 그 꼬맹이가 나를 볼 때 벌벌 떨지 않습니다.

5살 먹은 아이가 고통받게 되면 그때부터 마음의 병이 시작됩니다.

그 아이를 돌봐 주고 진심으로 사랑해 주는 것이 바로 '자기 사랑'입니다.

그러면 앞으로 어떻게 대화를 하면 될까요?

윽박지르지 말고 엄마처럼 푸근한 마음으로 다가서는 겁니다.

아이가 행복해지면 당연히 나도 행복해지게 됩니다.

오늘부터 눈을 감고 10분씩 그 아이와 대화를 해 볼까요?

그러면 점차 얼굴 표정이 밝아지고 자신감이 생길 겁니다.

어떠한 일이 있어도 그 아이를

미워하지 않기, 화내지 않기, 끝까지 믿어 주기를 실천해 봅시다.

잠재의식아 살려 줘서 고맙다

어릴 때 죽고 싶을 정도로 힘들었습니다.

그래서 나도 모르게 이렇게 최면을 걸었습니다.

'차라리 정신병자가 되어서 고통을 느끼지 않았으면 좋겠다.'

그러자 제 몸에서 뭐가 쑥 빠지는 듯 묘한 느낌이 들었습니다.

순간 이렇게 정신이 나가는 건가 싶었습니다.

그런데 갑자기 제 안에서 뭔가 나타나더니 "안 돼!"라면서

다시 되돌려 버리는 겁니다.

그땐 내 정신을 잡아 버린 그 존재가 미웠는데

지금 돌이켜 보면 정말 고맙더군요.

저는 그 존재를 잠재의식이라고 믿고 있습니다.

내 안의 모든 존재(몸, 마음, 영혼)는 내가 포기하는 것을 원하지 않습니다.

저처럼 쉽게 내 삶을 포기하려고 하지 마세요.

잠재의식은 그런 나를 볼 때 슬퍼할 겁니다.

한 번, 두 번 자꾸 나약한 마음을 가지면

나중에는 잠재의식도 도와주지 못할 때가 옵니다.

우리에게 가장 위험한 적은 두려움입니다

저는 귀신을 무서워했습니다.

어릴 때부터 겁이 참 많았지요.

20대 때 혼자 명상하기 위해서 잠시 산에 갔습니다.

잠깐 했다고 생각했는데 눈을 떠 보니 금세 저녁이 되었습니다.

그때부터 심장은 쿵쾅쿵쾅 뛰고 정말 무서웠습니다.

주변에 사람도 없고 그 공포의 상황을 나 혼자 맞이할 수밖에 없었습니다.

귀신이 나타나서 나를 죽이면 어쩌지?

그러다가 그 상황을 받아들이기로 했습니다.

그리고 온 산을 향해서 이렇게 외쳤습니다.

"귀신아, 나타나라! 나를 죽일 수 있다면 어디 내 목을 졸라 봐라."

내심 겁도 나고 무서웠지만 귀신은 나타나지 않았습니다.

그때부터 귀신을 무서워하지 않기로 했습니다.

두려움이란 적은 마주하지 않으면 영원히 괴물처럼 나를 따라다닙니다.

이젠 마음의 눈을 떠서 그것의 실체를 볼 수 있어야 합니다.

두 눈 똑바로 뜨고 바라보면 그 또한

내 마음의 환영이 만들어 낸 그림일 뿐입니다.

실패든 성공이면 일단 경험해 버리면 그것은 소중한 체험이 될 겁니다.

그때부터 두려움이라는 옷을 벗고 자신감이라는 멋진 옷을 입게 됩니다.

당신은 그동안 두려움이라는 최면에 걸렸을 뿐입니다.

딱 한 번만 용기를 갖고 들이대면 됩니다.

최면의 열쇠

나는 하인에게 어떤 명령을 내리고 있는가?

'나는'이라는 말은 엄청난 힘을 갖고 있다.

그 말은 우주에 보내는 진술이며 명령이다.

– 『신과 나눈 이야기』 중에서 –

'나는'이라는 말을 하는 순간부터 모든 우주의 기운은

나에게 응집되기 시작합니다.

그 다음의 말이 바로 우리의 운명을 만들고 창조합니다.

한번 써 보실래요?

나는 _____

인디언 속담에 나의 소원을 만 번 말하면 현실이 된다고 합니다.

다이어트 자기 최면

많이 먹고 운동하지 않으면 몸은 비대해지기 마련입니다.

그것을 일으키는 것은 바로 우리들의 마음입니다.

스트레스를 받으면 여성은 음식,

남성은 술 담배 등으로 푸는 경우가 많습니다.

다음 날 후회를 하지만 이런 일상의 습관들이 쌓여서 비만이 되는 겁니다.

1. 스트레스 받을 때 음식이 아닌

   대체 수단(운동, 노래, 등산, 수다 등)을 찾으세요.

2. 매일 아침 일어나서 날씬해져서

   아름다워진 나의 모습을 상상해 보세요.

3. 음식을 먹기 전 먹을 양을 정해 놓고 드세요.

   더 먹고 싶을 때 과감하게 "STOP!"을 외칩니다.

4. "반 공기만 먹어도 충분히 배부르다."라고

   잠재의식에 주문을 거세요.

5. 음식을 최대한 천천히 씹으면

   마음이 불러들이는 식욕이 줄어들게 됩니다.

6. 마지막으로 내 몸에게 '뚱뚱하게 만들어서 미안하다.'라며

   용서를 구하세요.

행운을 잡는 그대가 되세요

재수가 없다고 한탄하시나요?

하는 일마다 꼬이시나요?

왜 그럴까요?

혹시 입버릇처럼 부정적인 언어를 자주 사용하지 않나요?

말이 씨가 된다고 합니다.

불평불만이 많으면 오던 행운도 금세 도망가 버리고 말 겁니다.

당신의 말은 우주를 돌고 돌아서 당신이 불행해지도록 도와줄 겁니다.

불길한 예감은 신기할 정도로 맞아 떨어집니다.

왜냐하면 나 스스로 이미 잘못된 결과를 예측한 듯

주문을 걸었기 때문입니다.

오늘부터 이렇게 최면을 걸어 보세요.

"나는 뭘 해도 운이 좋은 사람이야."

"나의 성공을 위해서 온 우주의 기운이 나에게 모이고 있구나."

그러면 틀림없이 행운이 따라올 겁니다.

끌어당김의 법칙은 당신으로부터 시작됩니다.

진짜 마음 가짜 마음

'하고 싶다'와 '할 수 있다'

하고 싶은 것은 그저 내가 원하는 갈망이자 망상입니다.
심리적으로 '내가 할 수 없다.'라고 판단하지만
염원이 달성되기를 바라는 마음입니다.
이때 우리의 무의식은 '할 수 없다.'라고 받아들이게 됩니다.

할 수 있다는 것은 내가 그것과 하나가 되고자 하는
실질적인 강한 열망을 말합니다.
이때 우리의 무의식은 '끝까지 해 보자!'라고 받아들이게 됩니다.

작은 마음의 상태 하나가 그대의 운명을 결정짓게 됩니다.
하고 싶은 것은 없습니다.
그것은 어떠한 실체도 없는 떠도는 구름에 지나지 않습니다.
그 염원을 내 것으로 만들기 위한 과정만 존재할 뿐입니다.

'하고 싶다'는 달리지 못하고 생각하지만
'할 수 있다'는 당장 그것을 향해 달려갑니다.

잠들기 전 잠재의식에 주문을 걸어 보세요

잠잘 때 잠재의식은 가장 왕성하게 활동합니다.

의식 상태에서는 의식적으로 잠재의식을 억압해 버립니다.

그러나 잠자는 순간부터는 의식이 편안해지면서

잠재의식이 우리를 지배하게 됩니다.

잠자기 전, 10분~30분 정도 당신이 원하는 것을

잠재의식에게 주문을 걸어 보세요.

실제 잠재의식이 나의 소원을 들어주기 위해서

대기하고 있다는 상상을 하시기 바랍니다.

예를 들면

1. 나는 아주 깊은 잠에 빠져들어서 내일 아침 6시에 상쾌하게 일어난다.

2. 나의 뇌는 초고속 인터넷처럼 빨리 돌아가서

　　나의 능력을 10배 이상 향상시켜 준다.

3. 나는 운이 좋아진다. 하는 일마다

　　내가 원하는 대로 잠재의식이 도와줄 것이다

4. 소심한 성격이 대범해져서 누구를 만나더라도 당당해진다.

5. (몸의 아픈 부위를 떠올리면서) 잠재의식이 나의 고통을 깨끗하게 치유해 준다.

6. 잠을 자는 동안 지금껏 경험하지 못한 최고로 깊은 휴식을 경험한다.

7. 미래에 성공할 내 모습을 상상하고

　잠재의식에게 그 이미지와 느낌을 심어 준다.

8. 시험 합격, 성공한 내 모습,

　날씬한 몸매 등 내가 원하는 것을 자주 반복해서 말해 준다.

이외에도 여러분 스스로 자신에게 필요한

잠재의식과의 대화를 해 보시기 바랍니다.

여러분은 잠을 잘지 몰라도 잠재의식은

당신의 소원을 이루기 위해 최선을 다할 겁니다.

한 번에 여러 가지를 하기보다는 한 가지를 제대로 꾸준히 연습하고,

그것이 이루어진 뒤에 다음으로 원하는 자기 암시를 하는 것이 좋습니다.

잠재의식은 한 번에 여러 가지를 얻으려고

욕심 부리는 것을 가장 싫어합니다.

최면의 열쇠

걷다 보면 마음의 응어리도 풀린답니다

우리는 생각이 너무나도 많습니다.

방구석에서 고민한다고 해서 될 일은 없습니다.

그럴 때는 아무 생각 없이 무작정 걷는 것도 큰 도움이 됩니다.

나의 고민이 풀릴 때까지 끝까지 걸어가 보는 겁니다.

1시간, 2시간, 하루라도 좋습니다.

걷다 보면 풀립니다.

문득 저 깊은 마음속에서 무의식의 소리가 들립니다.

"네 마음대로 해, 나는 네가 하는 모든 결정을 존중할게."

그러다가 고민이 생기면 또다시 걸으면 됩니다.

제7장

명상의 열쇠

수행을 한다는 것은

수행(修行)을 풀이하면 닦고 행한다는 말입니다.
도대체 무엇을 닦고 행한다는 소리일까요?

첫 번째는 '**몸**'입니다.
자신의 몸가짐을 올바르게 하는 겁니다.
두 번째는 '**입**'입니다.
내 입에서 나오는 언어를 올바르게 사용하는 겁니다.
세 번째는 '**마음**'입니다.
내 마음을 지혜롭게 다스리는 겁니다.

자기 몸을 학대하고, 매일 술을 먹고, 건강관리에 힘을 쓰지 않는다면······,
내 입에서 매일 욕설을 퍼붓고, 남을 비난하고, 거짓말을 자주 한다면······,
마음이 부정적이고, 쾌락에 빠져 있고,
게으르며, 세상 탓을 하고 있다면······,
그냥 눈 감고 기도한다고 해서 닦아지는 것이 아닙니다.
오늘 하루 내 몸, 내 입, 내 마음을 꾸준히 점검하고 다스려야 합니다.

명상을 하는 이유

골프를 잘 치기 위해서 실내 연습장에서 먼저 트레이닝을 받습니다.

그곳에서 충분히 기술이 습득되면 필드에서 자유로운 스윙을 하게 됩니다.

이처럼 명상은 이 세상 속에서

어려움 없이 잘 살아갈 수 있도록

마음을 길들이는 훈련이라 할 수 있습니다.

단지 눈 감고 잠을 자는 것처럼 편안함을 유지하는 것이 아니라,

현실의 어려움과 고통에서 벗어나서 깨어 있는

가벼운 마음을 유지하는데 목적이 있습니다.

물론 살아가는데 아무런 지장도 없고

항상 마음이 평온하다면 명상을 할 이유가 없습니다.

우린 부족한 존재이며 여전히 내 안의 욕심에

사로잡혀 있기에 스스로를 돌보지 않는 한

자기도 모르게 어리석음의 늪에 빠지기 쉽습니다.

그래서 평상시부터 꾸준히 명상 수행을 하게 된다면

힘든 상황을 쉽게 극복하는 지혜의 열쇠를 얻게 됩니다.

명상은 억지로 하는 것이 아니라,

매일 삼시 세끼 밥을 먹듯 가볍게 시작하는 것이 좋습니다.

청명이 생각하는 올바른 명상 3단계

많은 이들이 자신의 성찰을 위해서

마음(심리)공부, 최면, 명상, 기도, 수행 등을 합니다.

매일 열심히 수행 정진했는데도 변화가 없다고 하소연을 하곤 합니다.

당신은 다음의 3단계 과정을 겪지 않아서 그럴 수도 있습니다.

첫 번째 과정 : 참회의 단계 – 반성하라.

가장 중요한 단계입니다.

개인적으로 이 과정이 충실히 이루어지면

다음 단계는 자연스럽게 흘러가게 되지만,

대부분은 참회의 시간보다는 빨리 좋아지기 위한

방법론적 노력에 집중하게 됩니다.

이 과정 속에서 내면의 치유와 자아성찰이 이루어집니다.

그렇지 않으면 곪아 버린 상처 위에 밴드를 붙여 버리는 것과 같습니다.

자신이 무엇을 잘못했고,

어떤 어리석음으로 인해 아파했는지를 알고 반성해야만

그것에 따른 방법론적 접근이 가능합니다.

두 번째 과정 : 수행의 단계 – 정진하라.

충분히 내면이 치유되고 스스로의

어리석음에서 벗어나는 반성이 이루어졌다면,

그때부턴 자신에게 맞는 마음 다스림을 게을리 하지 않아야 합니다.

매일 꾸준히 시간을 정해서

잘못된 무의식적 프로그램을 바로 세워야 합니다.

머리로 충분히 이해했다고 해서 그것이 사라지거나 없어지지 않습니다.

오랫동안 몸에 밴 습관을 다스리는 인고의 시간이 필요합니다.

눌어붙은 냄비가 광이 나도록 매일 닦고 또 닦아야 합니다.

세 번째 과정 : 일상의 단계 – 일상화하라.

참회하고 수행을 했지만 그것이

생활화되지 않으면 머리와 가슴이 따로 놀게 됩니다.

항상 스스로에 대한 자각을 유지하며

현실에서 내면의 자유로움이 드러날 수 있도록

매 순간 말과 행동이 일치될 수 있는 자기점검이 필요합니다.

만약 이 과정이 원활하게 이루어지고 있지 않다면

당신은 첫 번째 참회의 단계가 필요합니다.

수행은 빨리 자신을 고쳐서 남들보다

많은 깨달음과 놀라운 능력을 얻는 것이 아니라,

자신만이 알고 있는 그 내면의 문제를

올바른 방향으로 이끌어 주는 것이라 생각합니다.

배우기 쉬운 명상, 해 보실래요?

마음이 과거에 집착하면 후회라는 쓰레기를 갖고 옵니다.

마음이 미래에 집착하면 불안이라는 쓰레기를 갖고 옵니다.

그래서 항상 지금 이 순간에 머물러야 합니다.

명상은 있는 그대로의 자기를 알아차림으로써

과거와 미래의 마음에 휘둘리지 않는 겁니다.

명상 자세는 가부좌를 트는 것이 가장 이상적이지만 꼭 정답은 없습니다.

특히 초보자 같은 경우에는 가장 편한 자세에서 시작하는 것이 좋습니다.

걸으면서도 좋고 앉아서도 좋고 누워서도 좋습니다.

삶 자체를 명상하듯 살아가는 것이 가장 좋습니다.

명상의 열쇠

호흡 명상

눈을 감고 가장 편한 자세를 유지합니다.

온몸의 긴장을 내려놓고 편안하게 호흡을 유지합니다.

호흡을 억지로 천천히 하거나 일부러 빨리할 필요는 없습니다.

자연스럽게 하시면 됩니다.

배에 커다란 풍선이 있다고 상상해 보세요.

풍선이 부풀어 오를 때 숨을 들이 마시고

풍선이 작아질 때 내 쉰다고 생각하시면 됩니다.

가만히 있으면 당신의 호흡이 들어오고 나가는 것을 느낄 수 있을 겁니다.

숨이 들어오는 미세한 느낌을 알아차리고,

숨이 나가는 미세한 느낌을 알아차립니다.

그때만큼은 우리 마음이 도망가지 않고 편안하게 나와 함께하게 됩니다.

숨을 몇 분만 쉬지 않으면 우리의 모든 신체 기능이

멈추게 되면서 죽게 됩니다.

호흡은 우리의 생명에 있어서 가장 소중한 요소인데

너무 소홀히 대하는 것 같습니다.

심장이 멈춰서 죽어 가는 사람에게 지금 당장 필요한 것은 인공호흡입니다.
내 호흡을 평상시부터 잘 다스리게 되면
몸과 마음의 건강을 오래도록 유지할 수가 있습니다.

숨을 들이마실 때는 대자연의 상쾌한 에너지가
내 몸속으로 들어온다고 상상하고,
숨을 내실 때는 내 안의 어두운 에너지가
몸 밖으로 나간다고 상상하면 됩니다.

매일 아침 5분만 호흡 명상을 해도 상쾌하고
개운한 하루를 맞이할 수가 있습니다.
숙달되면 점차 시간을 늘려 가면 더욱더 좋습니다.

숨 막히는 삶보다는 숨을 편안하게 들이마시고
내쉬는 그런 삶을 살아야겠지요?
전혀 어렵지 않으니 오늘부터 꼭 해 보세요.

명상의 열쇠

숫자 세기 명상

호흡 명상 방법과 시작은 동일하며 숫자를 활용하는 명상입니다.

숫자를 1부터 10까지 천천히 세어가면서 호흡을 하시면 됩니다.

숨을 들이 마실 때 '1'이라는 숫자를 떠올리고 내 쉴 때

'1' 이 사라진다고 생각하시면 됩니다.

그렇게 순서대로 10까지 다 하셨으면

다시 1부터 10까지 천천히 세어 올라가시면 됩니다.

만약 중간에 딴 생각을 해서 숫자를 놓쳤다면

다시 1부터 10까지 천천히 세어 올라가시면 됩니다.

숙달이 된 사람은 20, 50, 100까지 숫자를 늘려 가시면 좋습니다.

숫자 명상을 하면 짧은 시간 안에 마음이 고요해지면서

잠으로 빠져 들 수가 있습니다.

불면증이 심한 분들은 저녁에 숫자 명상을 하시면서 잠을 청하시면 좋지만,

그렇지 않은 경우에는 숫자에 집중하시면서 잠에 빠져들거나,

잡생각에 빠지는 것을 경계하셔야 합니다.

숫자에만 집중하게 되면 불안하고 초조했던

마음들이 편안하게 가라앉게 됩니다.

집중력이 떨어지는 학생이나,

쉽게 긴장하고 불안을 느끼는 사람들이 연습하면 좋습니다.

실제로 제 주변 지인의 아들에게 이 방법을 알려주었더니

한 달 만에 기억력과 학습 집중력이 좋아졌다고 하더군요.

이완 명상

이완 명상은 과도한 긴장으로 심신이 지친
현대인들에게 휴식을 주는 명상입니다.
이완 명상은 잠을 잘 때처럼 가장 편한 자세를 유지하는 것이 좋습니다.
집에서 할 때는 누워서 하고,
회사에서 할 때는 잠시 의자에 기대서 하면 됩니다.

이 방법은 긴장된 몸과 마음을 풀어 줌으로써
몸과 마음이 건강해지는 데 큰 도움이 됩니다.
다음의 문구를 마음속으로 생각하면서
실제 몸이 이완된다는 느낌을 갖는 것이 좋습니다.

'머리에 힘이 빠지고 편안합니다.'
'이마에 힘이 빠지고 편안합니다.'

머리 → 이마 → 눈꺼풀 → 눈동자 → 볼 → 입술 → 치아 → 혀 → 턱 →
목 → 어깨 → 양팔 → 팔꿈치 → 손목 → 손가락 → 가슴(심장) → 배 전체 →
아랫배 → 등 → 허리 → 두 다리 → 무릎 → 종아리 → 발목 → 발가락
이런 식으로 머리부터 발끝까지 이완시켜 주는 겁니다.

진짜 마음 가짜 마음

최대한 천천히 하는 것이 좋습니다.

자주 연습하다 보면 이완 속도가 빨라집니다.

특히 내 몸의 신체 부위 중 아프거나 안 좋은 곳이 있다면

그 부분을 향해서 집중적으로

긍정의 마음을 보내면 건강 회복 속도가 빨라질 겁니다.

문구는 여러분이 원하는 대로 바꿔서도 됩니다.

'머리야, 수고했다. 사랑한다.'

'내 머리가 건강해진다. 활력이 넘친다.'

'머리의 세포가 건강해지고 편안해진다.'

명상의 열쇠

229

걷기 명상

걷기 명상이란 걸으면서 하는 명상을 말합니다.

과도하게 머리를 쓰고 운동량이 부족한 현대인들에게

유용한 명상 방법입니다.

우리는 온갖 잡념과 스트레스를 끌어당기며 걷습니다.

아니면, 그런 줄도 모르면서 아무 생각 없이 걷습니다.

온 신경이 눈과 머리에 집중이 되면서 혼란함을 겪게 됩니다.

그 모든 것들이 내 안으로 들어와서

하나의 이미지가 되면서 생각이 많아집니다.

걷는 그 순간에 집중하게 되면 외부적 스트레스가 아닌,

내면적 평화가 찾아옵니다.

걸을 때 시선은 정면을 향하되,

전방의 사물을 확인할 수 있는 정도를 유지하면 좋습니다.

얼굴은 인상을 찌푸리고 하는 것보다,

가벼운 미소를 머금고 하는 것이 좋겠지요?

왼발이 땅에 닿을 때 그 느낌에 집중하고,

오른발이 땅에 닿을 때 그 느낌에 집중하면 됩니다.

호흡을 발로 한다고 생각하면 쉽게 이해가 되실 겁니다.

핵심은 모든 마음을 발에 집중함으로써

발바닥이 지면과 하나 되는 상태를 경험하는 겁니다.

그 순간만큼은 잡념이나 망상이 들어올 틈이 없습니다.

온전한 알아차림(깨어 있음)의 상태를 유지할 때

마음의 평화와 지혜가 개발됩니다.

대자연의 에너지가 발바닥을 통해서

하나가 된다는 생각을 하면 도움이 됩니다.

이 외에도 걸을 때 자신에게 필요한 암시문을

마음속으로 반복하는 것도 좋습니다.

예를 들면

'내 마음은 고요하고 평온해집니다.'

'사람들 앞에서 쫄지 않고 당당하게 말하겠습니다.'

'내 마음의 상처를 이제는 놓아주겠습니다.'

'내 아이를 있는 그대로 사랑하겠습니다.'

* 혼잡한 도로는 조심하시기 바랍니다.

먹기 명상

현대인은 과도한 음식 섭취로 인해서 비만에 노출되어 있습니다.
많은 음식을 먹지만 실제 세세한 맛을 알기보다는
단지 식욕에 인한 섭취가 대부분입니다.
자신이 얼마나 많은 음식을 먹은 줄도 모르고
뒤늦게 복통을 호소하곤 합니다.

밥을 음미하면서 천천히 씹었을 때의 그 맛을 아시나요?
그 어떤 것보다 달콤하고 고소하고 부드럽다는 것을 알게 될 겁니다.
오감을 총동원해서 음식이 내 몸속으로 들어와서
소화되는 과정을 느꼈을 때
음식의 소중함과 즐거움과 행복감을 느끼게 될 겁니다.

이때 과식은 당연히 사라집니다.

충분히 행복한 포만감을 느끼기 때문에 쉽게 음식 조절이 가능해집니다.

스스로가 얼마나 많은 양을 섭취했는지 정확하게 알기 때문입니다.

또한 마음의 집착과 욕심을 절제하는 방법을 스스로 깨닫게 됩니다.

핵심은 최대한 천천히 음식을 씹으면서

그 하나하나의 과정을 온몸으로 느끼는 겁니다.

되도록 말은 삼가고 내면의 체험에 집중하는 것이 좋습니다.

꾸준히 연습하시면 놀라운 체험을 하게 될 겁니다.

위장 장애나 소화 불량과 같은 신체적인 문제 또한 좋아지게 될 겁니다.

오늘부터는 소중한 음식을 몇 번 씹고 나서

배 속에 집어넣지는 않으시겠죠?

명상의 열쇠

108배 명상

생각이 많은 사람은 가만히 있으면 안 됩니다.

혼자서 온갖 잡동사니 우주를 만들어 버립니다.

그것을 멈추려고 생각하는 순간,

그 우주는 점점 더 커져서 멈출 수가 없습니다.

생각이 많다는 것은 마음의 욕심과 집착 그리고 불안이 많다는 겁니다.

생각이 많은 사람은 직접 몸을 움직이면서 하는 수행이 도움이 됩니다.

당신에게 108배 명상을 추천해드립니다.

이는 종교와 상관없이 마음을 비우고 하심 하는 법을

배울 수 있는 좋은 명상법입니다.

108배 명상을 통해서 다음과 같은 효과를 볼 수 있습니다.

첫 번째는 집착을 내려놓게 됩니다.

두 번째는 집중력이 향상됩니다.

세 번째는 전신 운동으로 다이어트에 도움이 됩니다.

네 번째는 혈액 순환과 신체 교정을 도와줍니다.

다섯 번째는 게으른 사람이 부지런해집니다.

여섯 번째는 오랫동안 묵혀 있던 마음의 상처가 조금씩 치유됩니다.

하루에 30분 100일간만 자신을 위해서 수행해 보세요.

진짜 마음 가짜 마음

절을 할 땐 나에게 가장 필요한

자기 암시문을 만들어서 하면 더욱 좋습니다.

"욕심을 내려놓겠습니다."

"부모님, 태어나게 해 주셔서 감사합니다."

"저 자신을 아끼고 사랑하겠습니다."

"이젠 과거의 상처를 놓아주겠습니다."

"제 꿈을 이루기 위해서 최선을 다하겠습니다."

명상의 열쇠

자애 명상

편한 자세로 정좌하고 몸의 긴장을 풀고 마음을 가라앉힙니다.
최대한 정신을 평온하게 하고, 모든 생각과 잡념을 내려놓습니다.
그런 뒤 자신을 향해 다음 경구를 가만히 읊조리기 시작합니다.

'나에게 자애심이 충만하기를……'
'내가 정신적으로 평안하기를……'
'내가 육체적으로 평화롭기를……'
'내가 건강하고 행복하기를……'

처음에는 이 명상법이 기계적이고 어색하고
심지어는 짜증이 날 수도 있지만
매일 10~15분씩 꾸준히 연습해 보세요.
100일간만 목표를 정해서 해 보세요.
그러면 틀림없이 내 안에 사랑의 씨앗이 싹트고
내가 보는 세상과 사람……,
이 모든 것들이 아름답게 비칠 겁니다.
그리고 내 안의 자애심이 충만해졌다면 이젠 그 대상을 내가 아닌
사랑하는 가족, 친구, 원수, 우리나라, 전 세계까지 넓혀 가시기 바랍니다.

태양 명상

마음이 우울하고 어두운 사람들에게 추천해 드리는 명상법입니다.
태양은 어둠을 밝혀 주고 만물을 소생시키는 가장 밝은 에너지입니다.

1. 밝게 떠 있는 태양을 바라보면서 뜨거운 열기를 가슴속에 품습니다.
   태양을 5초 정도 보고, 눈이 부시면 잠시 시선을 돌려서도 됩니다.
   이런 과정을 1분 정도 하면서 태양의 에너지와
   밝은 느낌을 받아들입니다.
2. 눈을 감고 태양의 밝은 이미지를 생생하게 떠올립니다.(1분)
3. 태양이 내 심장에 들어와서 어두워진 마음(심장)을
   따뜻하게 밝혀 준다고 상상합니다.(1분)
4. 뒤죽박죽 얽혀 있는 내 머리 속을 깨끗하게 청소해 주고
   정리해 준다고 상상합니다.(1분)
5. 몸 전체(머리끝에서부터 발끝까지)를 구석구석 따뜻하게
   치유해 준다고 상상합니다.(1분)
6. 두 손바닥으로 포근하게 눈을 감싸 준 뒤 천천히 눈을 뜹니다.
7. 태양의 밝은 에너지가 나와 함께한다는 확신을 갖고 밝게 웃어보세요.

* 햇볕 알레르기가 있는 분은 하지 마세요.

미소 명상

얼굴에는 수백 개의 근육이 있습니다.

우리가 화를 내거나 두려움에 휩싸일 때

수백 개의 얼굴 근육들이 긴장을 하게 됩니다.

긴장을 푸는 가장 좋은 방법은 따뜻한 미소를 보내 주는 겁니다.

가장 긴장이 많은 곳은 눈, 얼굴, 손, 어깨, 심장, 다리 등입니다.

나에게 긴장이 심한 신체 부위를 미리 정해 놓으시기 바랍니다.

1. 지금의 나를 향해서 환하게 미소를 보냅니다.

2. 눈을 감고 마음을 고요하게 유지합니다.

3. 숨을 들이마시면서 눈을 떠올리고 숨을 내쉬면서

   "눈아, 수고했다."라고 미소를 보냅니다.

나의 일부인 눈을 알아주고 미소를 보내 주면

눈의 긴장은 봄날에 눈 녹듯 서서히 풀립니다.

이런 식으로 몸의 각 부위를 떠올리고 긴장된

그곳을 어루만져 주듯 미소를 보내기 바랍니다.

내 몸을 바디 스캔하듯 하나씩 사랑의 미소를 보내 주시면 됩니다.

아픈 부위가 있다면 좀 더 세심하게 신경을 써서

치유의 에너지를 보내 주면 됩니다.

몸에도 마음이 있습니다.

화를 내면 삽시간에 몸이 굳어 버리지만,

환하게 웃어 주면 금세 풀어져 버린답니다.

명상의 열쇠

산 명상

산은 우리에게 어머니와 같은 존재입니다.

항상 긴장하고 불안을 많이 느끼는 사람은 산과 친해지시기 바랍니다.

등산의 목적보다는 그저 홀로 자연과 호흡하면서

대화하듯 산을 걸어가 보십시오.

잠시 어린아이처럼 미소 지으면서 천천히 올라가 보십시오.

그리고 수많은 자연을 느껴 보는 겁니다.

산을 걸을 때 발바닥에서 올라오는 놀라운

생명력의 에너지를 느껴 보세요.

나무를 꼭 껴안고 말없이 나무의 소리(느낌)를 들어 보세요.

자연에서 흘러나오는 자연의 소리와 향기에 맘껏 취해 보세요.

마지막으로 눈을 감고 자연과 대화를 해 보세요.

가만히 눈을 감고 앉아 있으면 자연이 먼저 말을 걸어 줄 겁니다.

뿌린 대로 거두게 됩니다

1. 남에게 폭력을 가하거나 살생을 하게 되면 자신의 생명이 단축됩니다.

2. 남의 물건을 훔치면 결국 자신의 재산만 잃게 됩니다.

3. 잘못된 성행위를 하게 되면 일시적 쾌락 뒤에
   죄의식과 분노의 마음만 생기게 됩니다.

4. 거짓말을 하게 되면 명예가 훼손되고 또 다른 거짓말을 하게 됩니다.

5. 헐뜯으면 소중한 우정만 깨지게 됩니다.

6. 험담을 많이 하면 목소리가 듣기에 거북해지고 사나워집니다.

7. 실없는 말을 하면 아무리 진실을 말할지라도
   사람들이 믿어 주지 않게 됩니다.

8. 술을 마시면 잠시 스트레스 해소가 되지만
   정신적인 장애만 생기게 됩니다.

9. 그 사람을 미워할수록 상대방도 나를 미워하게 됩니다.

당신이 뿌린 대로 되돌려 받기에 누구도 탓할 수가 없습니다.

전생에 무슨 죄를 지었을까요?

지금 내가 받는 고통은 전생에 죄를 지어서

그럴 것이라고 생각합니다.

그런데 아닙니다.

좋은 대학에 가지 못한 것은 공부를 하지 못한 겁니다.

주변에 친구가 많지 않다는 것은

그만큼 내가 마음의 문을 열지 못해서 그렇습니다.

자녀가 나를 미워하는 것은 내가 자녀를 사랑해 주지 못해서 그렇습니다.

건강이 좋지 않은 것은 그동안 내 몸을 혹사시키거나 소홀했기 때문입니다.

마음이 불안한 것은 그동안 내 마음의 소리를 무시했기 때문입니다.

전생에 죄를 지은 것보다 더 무서운 것은 알면서도 죄를 짓고 있는 겁니다.

전생의 죄를 탕감 받을 방법은 없습니다.

그나마 한 가지 방법이 있다면 내 주변에 있는

사람들을 많이 아껴 주고 사랑해 주면 됩니다.

그러면 우리는 그 죄의 쇠사슬에서 벗어나게 될 겁니다.

고민하는 것과 마음을 보는 것은 다릅니다

무언가를 떠올릴 때 짜증이 나고 고통스럽고 회피하려고 하면 고민이고,
다소 힘들고 괴롭더라도 찬찬히 바라보는 것은 마음을 보는 것입니다.

고민하는 것은 우는 아이의 존재를 놓쳐 버리는 것이고,
마음을 보는 것은 아이가 가는 길을 놓치지 않고 살펴보는 것입니다.

마음과 멀어지면 안 됩니다.
내 안의 아기는 내가 없으면 두려워서 벌벌 떨게 됩니다.

명상의 열쇠

명상의 부작용

올바른 스승으로부터 명상을 지도받으면
어떠한 부작용도 일어나지 않습니다.
명상은 집착을 내려놓음으로써
지금 이 순간의 온전한 깨어 있음을 목표로 합니다.

잘못된 명상을 하게 되면 혼자서 깨달은 양 착각을 하게 되고,
오히려 현실 감각과 사회성이 떨어지면서 대인 관계가 어려워집니다.
자신을 신처럼 대하며 타인에 대한 겸손과 배려가 사라지고
오만함이 가득해집니다.

명상이 특별한 능력을 얻기 위한 수단이 되어 버리면
망상과 환상 속에 취하게 됩니다.
자신의 내면으로 들어가는 것을 두려워하며
외부의 것을 취하려는 집착이 강해집니다.

진짜 마음 가짜 마음

당신이 오랜 시간 명상을 했는데
현실 속의 내가 변화가 없다면 뭔가 잘못된 것입니다.
명상은 내면의 깨달음이 나를 통해서
현실화되었을 때 가장 바람직하다고 봅니다.

내면의 고요함을 느꼈는데
현실에서는 쉽게 화를 내고 남에게 상처를 주고 있다면,
그대는 명상한 것이 아니라, 잠시 눈을 감고 쉬었을 뿐입니다.

항상 자신을 객관적으로 바라보며 수시로 점검을 할 줄 알아야 합니다.
그렇지 않으면 마음공부(명상, 자기 최면, 기도 등)가 되기는커녕
내면의 산란함과 심리적 갈등을 일으키는 장애가 될 것입니다.

욕심에 한번 휘둘려 버리면 마약에 중독되듯 쉽게 벗어날 수가 없기에
항상 초심을 유지하고 자신을 성찰하는데 게을리하지 않아야 할 겁니다.

명상의 열쇠

이렇게 명상하면 좋아지나요?

1. 내면의 괴로움은 보지 않고 즐거운 상상만 합니다.

2. 괴로운 마음을 없애거나 지우려고만 합니다.

3. 자기반성은 하지 않고, 신비한 능력이 생기기만을 기대합니다.

4. 신에게 원하는 것만 말하고 정작 신의 소리를 듣지 않습니다.

5. 통곡의 눈물이 아닌 악어의 눈물을 흘리기만 합니다.

6. 감정을 사랑하고 다스리기보다는 그것을 억압하고 숨기려고 합니다.

7. 내 탓이라고 깨달았으나 그것이 죄의식으로 다가옵니다.

8. 어둠 속에서 불을 켤 생각보다는 당장 그곳에서 도망가려고 합니다.

9. 깨닫지도 않았으면서 깨달은 척 착각을 합니다.

자신이 왜 명상을 하는지 한 번이라도 물어본 적 있나요?

마음을 비운다는 것은 어렵지 않아요

여러분은 뜨거운 황금 잔을 잡고 있습니다.

당장은 귀한 황금 잔을 잡고 있어서 너무나도 좋을 겁니다.

그런데 잠시 후면 잔이 너무 뜨거워서 손이 타들어 갈 겁니다.

이 상황에서 어떠한 선택을 해야 하나요?

매일 고통을 부여잡으면서 그 잔을 잡고 계실래요?

아니면 지금 당장 그것을 놓아버리고 편안하게 사실래요?

우리가 욕심부리며 집착하고 있는 그 대상은 모두 뜨거운 황금 잔입니다.

잡으려고 하면 할수록 멀어지고 놓아 버리면

비로소 그것들이 내 안으로 들어오게 됩니다.

여러분은 지금 어떤 황금 잔을 부여잡고 사시나요?

이제 그만 놓아주세요.

나와 타인을 위해서 말입니다.

전 지하 10층에서 살았습니다

나는 지하 10층에서 살고 내 친구는 지상 1층에서 살고 있습니다.
나는 열심히 노력해서 지상 1층까지 올라왔습니다.
친구는 지상 3층까지 올라갔습니다.
눈으로 보기에는 내 친구가 나보다 많은 것을 지닌 것 같지만,
나는 10층을 올라왔고, 친구는 2층을 올라왔습니다.

내가 훨씬 부자 아닌가요?
나는 그 밑바닥의 지하 세계를 다 알지만, 지상에서만 살아온 그 친구는
지하에 떨어질 것 같은 막연한 두려움 속에서 살아갈 수도 있습니다.
지하 10층에서 올라온 나는 이제 그 무엇도 무섭지 않습니다.

우리에게 주어진 어려움과 아픔은 많은 것을 앗아 가는
괴물처럼 보일지 모르지만,
잘 들여다보면 두 번 다시 그것을 겪지 않도록 도와주는
행운의 열쇠가 될 겁니다.

제8장

부모의 열쇠

부모에게 듣고 싶은 말

우리 청소년들이 부모님에게 듣기 싫은 말 순위입니다.

1위   공부 열심히 해라! – 26.9%

2위   TV, 게임, 스마트폰, 컴퓨터 그만해라! – 26.4%

3위   친구들과 잘 지내라! – 22.1%

4위   돈 아껴 써라! – 7.2%

5위   그만 놀아라. – 3.2%

6위   학원 가라. – 2.5%

정작 우리 청소년들이 가장 듣고 싶은 말은 무엇일까요?

엄마, 아빠에게 가장 듣고 싶은 말 1위는 바로 **"사랑해."**랍니다.

아메리카 인디언의 자녀 교육 11계명

1. 비판 속에서 자란 아이는 비난을 배웁니다.
2. 적대감 속에서 자란 아이는 싸움을 배웁니다.
3. 놀림 속에서 자란 아이는 부끄럼을 배웁니다.
4. 수치심 속에서 자란 아이는 죄책감을 배웁니다.
5. 관대함 속에서 자란 아이는 참을성을 배웁니다.
6. 격려 속에서 자란 아이는 자신감을 배웁니다.
7. 칭찬 속에서 자란 아이는 고마움을 배웁니다.
8. 평등 속에서 자란 아이는 정의를 배웁니다.
9. 배려 속에서 자란 아이는 신뢰를 배웁니다.
10. 인정받으면서 자란 아이는 자신을 소중히 여깁니다.
11. 사랑 속에서 자란 아이는 세상에서 사랑을 발견합니다.

– 『격려 속에서 자란 아이가 자신감을 배운다』 중에서 –

집착은 사람을 병들게 합니다

꽃을 너무 사랑해서 물을 잔뜩 주게 되면 화초는 금세 죽게 됩니다.

새를 사랑하기 때문에 나만의 아름다운 새장 속에

가둬서 구경하고 싶어 합니다.

그러면 새는 답답해서 나를 떠나가려고 할 겁니다.

자녀를 너무나도 사랑해서 온실 속의 화초처럼 키우고 싶어 합니다.

그런 상태에서 사회에 나가면 비바람에 금세 지치고 쓰러지게 됩니다.

'**사랑**'은 대상이 원하는 대로

믿고 기다려 주는 것을 말합니다.

'**집착**'은 대상과 상관없이 오로지 내가 원하는 대로

결정하는 이기적인 마음일 뿐입니다.

부모가 모든 자녀를 사랑한다고 하지만

실제 모습은 집착에 가까운 경우가 참 많습니다.

괜찮아, 잘못한 거 없어

고등학교 1학년이던 한 학생의 이야기입니다.

성적표를 받고 전전긍긍하다가 부모님께 편지를 썼습니다.

"엄마, 아빠 죄송해요."라고 10번이나 썼더군요.

정말로 죄송할 일인가요?

공부 좀 못하는 것이 그렇게 잘못한 일인가요?

그러다가 자살이라도 하게 되면 얼마나 마음이 아플까요?

아이가 태어날 때 신에게 이렇게 기도하지 않았나요?

"신이시여, 우리 아이 건강하기만 하면 더 이상 바랄 것이 없습니다."

아이들이 거짓말하는 이유

솔직하게 말하면 혼날 것 같아서입니다.

엄마나 아빠가 잔소리를 많이 하거나 자주 혼을 내게 되면

그 순간을 모면하기 위해서 솔직하게 말하는 것을 두려워하게 됩니다.

그럴 때 아이의 마음은 죄의식이 커지면서

죄인이 되지 않기 위해 거짓말을 택합니다.

어떤 잘못을 하게 되면 당장 나무라고 화를 내기보다는 차분한 마음으로

그 행동의 잘잘못에 대해서 친절하게 설명을 해 주어야 합니다.

그러면 충분한 반성의 기회를 갖게 됩니다.

그런 아이들은 감정의 상처나 두려움이 없기 때문에

솔직하게 말하게 됩니다.

난 엄마 아빠처럼 되지 않을 거야

어릴 때 죽도록 미워했던 아버지가 싫어서 항상 저에게 최면을 걸었습니다.

"나는 우리 아버지 같은 나쁜 사람이 되지 않을 거야."

그런데 시간이 지날수록 그분의 모든 것을 닮아 버린 저를 보게 되었습니다.

내 나이 20살 때 죽고 싶을 정도로 화가 나서 속상했습니다.

"내가 아버지처럼 되지 않으려고 얼마나 많은 시간 동안

피눈물을 흘리고 살아왔는데……."

뒤늦게 알게 되었습니다.

수십 년간 아버지의 부정적인 모습, 행동, 말투 등을 저주하면서

그 모든 씨앗이 내 안에서 자라나게 된 겁니다.

왜냐하면 아버지의 모든 안 좋은 모습들을 무의식적으로

상상해 버렸기에 닮아 버린 겁니다.

부모는 자식을 미워하면 안 되고,

자식 또한 나를 낳아 주신 부모를 원망해서는 안 됩니다.

미워하면 안 좋은 모습을 닮아 가고, 사랑하면 좋은 모습을 닮아 갑니다.

서로 아껴 주고 사랑해 주세요.

고슴도치의 사랑법

고슴도치 한 마리에는 보통 5천 개의 가시가 있다고 합니다.
이렇게 많은 가시를 가지고서도
서로 사랑을 하고 새끼를 낳고 잘 삽니다.
어떻게 가능할까요?
바늘과 바늘이 서로를 찌르는 것이 아니라,
바늘과 바늘 사이를 잘 연결해서
서로가 찔리지 않도록 조심해서 그렇습니다.

우리의 마음에는 셀 수 없을 정도의 수많은 가시들이 있습니다.
특히 가까운 사람들일수록 그 가시에 깊숙하게 찔리게 됩니다.
내 안의 가시는 상대를 찔러서 상처를 주는 용도가 아니라,
상대방을 채워 주고 도와주는
의사의 칼과 같은 그런 역할을 해야 할 것입니다.

이젠 내가 먼저 맞춰 주세요.
그래야 상대방도 나를 찌르지 않게 될 겁니다.

부부 사이가 안 좋으면 자녀가 공격받습니다

많은 분들을 상담하면서 재미있는 심리를 발견하곤 합니다.
자녀가 둘이면 대체로 한 명은 엄마의 성격을,
다른 한 명은 아빠의 성격을 닮습니다.
부부 사이가 좋으면 상관이 없는데 문제는 매일 다투고 싸울 때입니다.

만약 엄마가 아빠를 싫어하면
아빠와 닮은 아이에게 두 가지 심리적 패턴을 보입니다.
첫 번째는 아이를 아빠와 동일시하면서
아이 또한 미워하거나 싫어하게 됩니다.
두 번째는 아빠를 내 맘대로 하지 못하는 것을
아이를 통해서 조종하려는 집착을 보입니다.
순수한 아이는 아빠 닮았다는 이유로 어이없는 고통을 받게 됩니다.
의식적으로 하는 것은 아니지만,
무의식적으로 그렇게 하는 경우가 대부분입니다.

부부가 사이가 좋으면 나와 다른 자녀의 성향을
충분히 이해하고 품어 줄 수가 있습니다.
부부가 서로를 아끼고 사랑해 주면
자녀 교육은 따로 할 필요가 없습니다.

어머니 반상회

자식 욕심이 많은 어머니들이 한자리에 모여서 하소연을 했습니다.

첫 번째 어머니 : "전교 1등을 하던 제 아들이 2등으로 밀려서 속상합니다."
두 번째 어머니 : "너무 욕심이 많네요. 제 딸은 공부를 해도 중간밖에
못 갑니다."
세 번째 어머니 : "그만 좀 하세요. 제 자식은 전교 꼴등이랍니다."
네 번째 어머니 : "다들 너무하시군요. 제 아들은 꼴등도 좋으니 학교만
잘 갔으면 좋겠어요."
다섯 번째 어머니 : "제 아들은 학교에 안 가도 좋으니 사고만 안 쳤으면
좋겠어요."
여섯 번째 어머니 : "(울면서) 아직도 욕심이 참 많네요. 저는 그런 아이라도 있
으면 좋겠습니다. 작년에 공부 스트레스로 인해서 자살을 했습니다. 제 평생
아이와 함께 놀아 주지 못하고 매일 공부하라고 잔소리 했던 것이 평생 후회
가 된답니다."

우리의 욕심은 끝이 없나 봅니다.
이제 멈춰야 합니다.
하루에 한 명 이상의 어린 생명이 입시 지옥으로 인해서 생명을 끊고 있습니다.

진짜 마음 가짜 마음

부모가 모르는 아이의 모습

지하철에서 중학생으로 보이는 친구의 전화 통화를 엿듣게 되었습니다.

엄마와 통화를 하는데 너무나도 살갑게

대화를 주고받는 것을 보고 이런 생각을 했습니다.

"아들 참 잘 키웠구나!"

그러나 전화를 끊자마자 갑자기 돌변하더니 지하철 문을 발로 차면서

"이 XXX!"라며 엄마 욕을 하는 겁니다.

저는 그 모습을 보면서 깜짝 놀랐습니다.

그러면서 그 친구의 엄마가 걱정이 되는 겁니다.

"아들의 실제 모습을 모르고 살고 있구나!"

왜 이런 문제가 발생하게 되는 걸까요?

결국 엄마와 아들은 가슴속 깊이 진지한 대화를 하지 못한 겁니다.

아들과 딸의 스마트폰에 내 번호가 저장되어 있을 겁니다.

혹시 저장된 이름이 무엇인지 아시나요?

부모는 자녀에 대해서 잘 안다고 말하지만,

혹시 자녀의 단점과 학교 성적에 대해서만 잘 아는 것 아닌가요?

아들은 아들답게 딸은 딸답게 키우세요

딸이 태어났는데 부모가 딸로 인정하지 않고

남자처럼 키우게 된다면…….

아들이 태어났는데 부모가 아들로 인정하지 않고

예쁜 딸처럼 키우게 된다면…….

그때부터 아이들은 성 정체성의 혼란을 겪게 됩니다.

부모에게 사랑받기 위해서 자신의 성을 혐오하고

다른 성을 추구하고자 합니다.

한 여성이 있었습니다.

그 친구의 아버지는 당신의 자식이 딸이라는 것을 대놓고 싫어했습니다.

여자와 같은 모습을 보이면 혼을 내고 죽일듯한 눈빛으로 겁을 주었습니다.

그 아이는 마음속으로 이렇게 생각했다고 합니다.

"여자는 쓸모없는 존재야.

내가 남자였으면 얼마나 좋을까? 여자는 나약해."

어릴 때부터 아버지의 세뇌로 인해서

본인 또한 무서운 자기 최면을 걸어 버렸습니다.

결국 평생을 남자로 살아야 한다면서

성전환 수술을 고려하기까지 이르렀습니다.

남자로 살지 못할 바에는 차라리
죽음을 선택할 정도로 인생을 포기하려고도 했습니다.

그런 심리적인 이해를 하지 못하고서
남자가 여자로, 여자가 남자로 잘못된 옷을 입고 살 수도 있습니다.
물론 뇌의 호르몬 작용으로 인해서 결정된 사람들도 있지만,
부모의 잘못된 교육 방식이 자녀를 혼란에 빠트리는 경우가 많습니다.
그녀는 최면을 통해서 자신이 왜 남자가 되려고 했는지
정확하게 알게 되었습니다.

그 이후로 만나지 못했지만 어떤 선택을 하며 사는지 이따금 궁금해지네요.
자녀를 있는 그대로 존중하고 사랑해 주시기 바랍니다.

당신은 제 인생에서 가장 소중한 스승입니다

해병대 소대장 시절 이라크 파병 공고가 났습니다.

저는 곧바로 지원을 했으며 어머니께 말씀드렸습니다.

"엄마, 이라크에 가고 싶어, 한 번뿐인 기회 놓치고 싶지 않아."

엄마는 아무 말도 없으시더니 이렇게 말씀하시더군요.

"네가 하고 싶은 것을 어떻게 막겠니. 아들아, 몸조심하고 잘 다녀와라."

제대 후 대기업에 입사했습니다.

회사 생활을 하는데 갑자기 저 깊은 곳에서 어떤 소리가 들리더군요.

'영국아, 행복하니?' 그 내면의 소리를 듣자마자

머리를 망치로 맞은 듯 멍해져 버리더군요.

다시 엄마에게 전화를 걸었습니다.

"엄마, 나 행복하지 않아, 회사 그만두고 내가 하고 싶은 대로 살고 싶어."

그러자 엄마는 이렇게 말씀하시더군요.

"아들이 행복하지 않으면 안 되지, 나는 널 믿으니까 하고 싶은 대로 해."

그날 바로 사직서를 내고 어린 시절부터

그토록 원했던 마음 전문가가 되었습니다.

제 엄마 참 멋지지 않나요?

어릴 때부터 고아가 되셨으며 겨우 초등학교밖에 나오지 않았습니다.

매일 술 먹고 폭력을 휘두르는 남편으로부터 끝까지 저를 지켜 주었습니다.

저는 그분을 이 세상에서 가장 존경하고 사랑합니다.

부모의 열쇠

행복은 어디에 있을까요?

A : 너는 소원이 무엇이니?

B : 공부 잘하는 겁니다.

A : 공부 잘해서 뭐하니?

B : 좋은 대학에 들어갑니다.

A : 좋은 대학에 들어가서 뭐하니?

B : 좋은 직장에 취직해야죠.

A : 좋은 직장에 취직하면 뭐하니?

B : 돈을 많이 벌어야지요.

A : 돈을 많이 벌어서 뭐하니?

B : 좋은 집 사야죠.

A : 좋은 집 사서 뭐하니?

B : 좋은 여자 만나서 결혼해야죠.

A : 결혼해서 뭐하니?

B : 아들딸 낳아야지요.

A : 아들딸 낳아서 뭐할래?

B : 공부시켜서 훌륭하게 만들어야죠.

도대체 끝이 없습니다.

A : 그래, 너는 어떻게 살고 싶니?

B : 행복하게 살고 싶습니다.

우리는 과연 무엇을 향해서 가고 있나요?

'나'라는 배가 어느 목적지를 가야만 행복해지는 것이 아니라,

'내가' 타고 있는 배가 그 행복임을 알아야 합니다.

아들을 남편처럼 여기면 안 됩니다

말은 아들이라고 하면서 심정적으로는

남편 대하듯 대하는 엄마들이 있습니다.

특히 부부 사이가 좋지 않거나 혼자된 경우에는

자신도 모르게 의지를 해 버립니다.

그러나 아들의 입장에서 한 번쯤은 생각해 봐야 합니다.

아들은 엄마에게 기대고 싶은데

엄마가 먼저 기대 버린다면 의지할 대상이 사라져 버립니다.

오히려 부담이 생기면서 엄마에게서 벗어나려고

발버둥을 치게 될 것입니다.

자식의 행복을 위해서 놓아주어야 합니다.

그대는 자식에게 있어서 여자가 아닌 엄마입니다.

놓아주지 못하면 당신을 극도로 싫어하거나 마마보이가 될 수 있습니다.

나중에 결혼을 하게 되면 심각한 고부 갈등이 생길 수밖에 없습니다.

그러면 아들은 두 여자 사이에서 온갖 괴로움을 받게 됩니다.

그 아들이 결혼하면 다른 여자의 남편이 되는 겁니다.

진짜 마음 가짜 마음

자녀는 엄마가 키우는 것이 좋아요

요즘 부부들은 먹고 살기 위해서 맞벌이를 많이 합니다.

그래서 아이를 할머니 손에 키우는 가정이 꽤 많습니다.

내가 아이를 낳았지만 정작 할머니 손에서 자라다 보니,

아이의 입장에서는 엄마를 두 사람으로 인식을 하게 됩니다.

나이 든 엄마와 젊은 엄마 속에서 혼란을 느끼게 됩니다.

할머니 손에 키워지다 보면 나중에

내가 말을 해도 듣지 않는 경우가 있습니다.

왜냐하면 할머니로부터 대부분의 교육을 받았기 때문입니다.

아무리 할머니나 어린이집에서 잘 키워 줬다 하더라도

엄마에 비하면 비교가 되지 않습니다.

어린 시절 충분한 엄마와의 애착 형성이 되지 않으면

나중에 애정 결핍이 드러나게 됩니다.

유아 때는 잘 드러나지 않지만 학교에 가게 될 무렵

자신감 부족, ADHD, 우울증, 불안 장애,

사회성 부족 등의 문제가 발생할 수도 있습니다.

돈을 벌어야 해서 아이를 타인에게 맡겨야 한다고 하지만,

아이에겐 좋은 옷, 비싼 음식 등이 필요한 것이 아니라

따뜻한 엄마의 가슴이 필요합니다.

하루만 바꿔서 살아 보실래요?

타인을 이해하기 위한 가장 좋은 방법은 내가 그 사람이 되어 보는 겁니다.

잠시 내 신발을 벗고 그 사람이 신고 있는 신발을 신어 보면 사람의 마음을

가장 쉽고 빠르게 이해할 수가 있습니다.

나로서는 아무리 이해하려고 해도 이해가 되지 않습니다.

남편은 하루 아내 역할을 해 보는 겁니다.

아침 일찍 일어나서 밥하고 아이들을 학교에 보내고

설거지 및 청소를 해 보세요.

아내는 하루 남편 역할을 해 보는 겁니다.

남편 회사에 따라가서 직장 내 스트레스를 체험해 보세요.

엄마와 아빠는 하루 자녀 역할을 해 보는 겁니다.

아이들이 치열한 공부 현장 속에서 어떻게 살아가는지 학교나 학원을

따라가 보세요. 자녀는 하루 엄마 아빠 역할을 해 보는 겁니다.

엄마와 아빠의 회사와 일상을 체험해 보세요.

서로의 삶을 이해할 수 있도록 하루 정도는 재미있는 롤 플레이를 해 보세요.

그러면 다음부터는 잔소리하고 화내기보다는

이해하는 마음의 폭이 넓어질 겁니다.

"아들아, 오늘은 네가 아빠고 내가 아들이다."

"딸아, 오늘은 네가 엄마고 내가 딸이다."

믿음은 결코 배신하지 않습니다

'밀턴 에릭슨'은 세계 최고의 최면 전문가이자 제 마음속의 스승님입니다.

어린 에릭슨이 길거리를 가는데 길 잃은 말 한 마리를 발견했습니다.

그 말의 주인이 누구인지도 모르지만 그냥 에릭슨은 말을 탔습니다.

그러다가 어느 순간 어느 집 앞에 도착했습니다.

그때 말 주인이 나타나더니 너무나도 즐거워하는 겁니다.

"꼬마야, 고맙다. 그런데 어떻게 여기를 찾아왔니?"

그러자 에릭슨은 다음과 같이 말합니다.

"저는 그냥 말 위에 타고 말이 가는 대로 따라왔을 뿐인데요."

"말이 가끔씩 위험한 곳으로 가면 툭툭 건드려만 줬어요."

"그러다 보니 여기까지 왔네요."

부모가 자녀를 대할 때 이처럼 대해야 할 겁니다.

앞에서 말고삐를 잡고 끌어당기면 그 말은 어디로 가야 할지 모를 겁니다.

이제 고삐를 풀어 주고 자유롭게 가도록 허용해 주세요.

믿음은 변하지 않습니다.

끝까지 믿어 준다면 결코 엉뚱한 곳으로 갈 수가 없습니다.

한 여성의 이야기입니다

이 여성은 어린 시절 엄마와 언니로부터 구박을 많이 받았습니다.
엄마와 언니로부터 칭찬을 들어 본 적이 전혀 없다고 그러더군요.
회사 생활을 하는데 누가 조금만 잔소리를 하거나
안 좋은 표정을 지어 버리면
심장이 뛰고, 화가 나고, 짜증이 난다고 합니다.
심지어 자신을 무시한 그들을 죽이고 싶다는 마음까지 든다고 하네요.
타인이 칭찬하는 것은 자신을 이용하기 위한
거짓말이라고 판단해 버립니다.
얼마나 회사 생활이 힘들지는 불 보듯 뻔합니다.

칭찬은 고래도 춤춘다고 하는데 하물며 사람은 얼마나 즐거워할까요?
잔소리와 비난은 아끼고 칭찬과 격려는 아끼지 말아야겠습니다.

아기가 좋은 곳으로 갈 수 있도록 기도해 주세요

낙태는 올바른 결정이 아닙니다.

순수한 생명이 세상에서 꽃을 피워 보지도 못하고 사라져 버린 겁니다.

낙태를 아무렇지 않게 생각하는 것은 심각한 문제이지만.

낙태로 인해서 평생 죄인처럼 사는 것도 문제입니다.

정말 그 아기에게 잘못했다면 마음으로나마 아기에게 용서를 구하세요.

"아가야, 엄마가 미안하다."

"다음 생에 만나게 된다면 그땐 내가 너를 많이 사랑해 줄게."

"항상 너를 잊지 않을 테니 좋은 곳에 가서 푹 쉬어라."

그렇게 매일 간절하게 기도하면 마음이 훨씬 가벼워질 겁니다.

부모의 열쇠

우리는 힘들 때 가장 먼저 엄마를 찾습니다

엄마는 자식에게 있어서 신이라 할 수 있습니다.

엄마가 화를 내면 자식은 화를 배웁니다.

엄마가 우울하면 아이는 우울증에 빠집니다.

엄마가 걱정이 많으면 아이는 생각이 많아집니다.

엄마가 잔소리하면 자존감이 낮아집니다.

엄마가 자신을 사랑하지 않으면 아이는 사랑보다는 미움을 배웁니다.

엄마가 인내심을 갖고 아이를 믿어 주면

아이는 그 믿음에 보답하게 될 겁니다.

엄마가 공부가 최고라고 가르치면 공부밖에 모르는 샌님이 되어 버립니다.

모든 것이 엄마의 탓이라는 것이 아닙니다.

신이 가르쳐 주는 대로 아이는 배울 수밖에 없기에

엄마가 먼저 변해야 합니다.

아이를 바꾸고 싶다면 제일 먼저 나의 어리석음을 되돌아 봐야 합니다.

진짜 마음 가짜 마음

사회성이 부족한 바보 아이 만드는 법

당신의 아이를 다른 아이와 비교하면서 무시하면 됩니다.

그러면 천재 같은 아이도 금세 바보 멍청이가 됩니다.

그 착한 아이가 어느 순간 폭군이 되어서 나타날 겁니다.

친구들 사이에서 할 말도 못하고 눈치나 보는 소심한 아이가 될 겁니다.

인간이 가장 싫어하는 것이 무엇인지 아시나요?

비교입니다.

비교를 하는 순간 자존감은 연기처럼 사라지게 됩니다.

옆집 남편 옆집 아내와 나를 비교할 때 기분이 어떠시나요?

당신의 소중한 아이를 바보 취급하지 마세요.

그 아이들도 엄마 아빠에게 사랑받기 위해서 무진장 노력을 한답니다.

좋아하는 일하며 살아요

문득 이런 생각들이 들지 않나요?

"그때 과감하게 그것을 했어야 했는데 용기가 부족했구나."

"그때로 돌아간다면 꼭 한 번 해 보고 싶구나."

우린 너무 해야 할 일에 집중한 나머지

가슴이 즐거워하는 것을 후일로 미루곤 합니다.

그것은 고스란히 후회와 아쉬움이 되면서 미련이 남습니다.

그럴 바에는 시원하게 해 보는 것이 더 좋지 않을까요?

요즘 아이들을 학교와 학원이라는 작은 공간에 가두는 것 같습니다.

공부하는 것을 좋아하는 아이가 있고,

노래와 춤에 소질이 있는 아이가 있고,

사람들 만나면서 즐겁게 해 주는 아이가 있고,

기계 고치는 데 소질이 있는 아이가 있고,

운동에 소질이 있는 아이가 있고,

기발한 상상력을 잘하는 아이가 있습니다.

평범하게 살려고 남들을 따라가곤 하는데,
오히려 자신의 소질과 능력을 개발하지 못해서
평범하게 살지 못하고 방황하는 사람들이 꽤 많습니다.

왜냐하면 자신에게 맞지 않는 옷을 입고 사니까
항상 불편하고 부담스러울 수밖에 없습니다.

남들과 똑같은 삶이 평범한 것이 아니라,
내가 좋아하는 것을 잘했을 때가
가장 평범하고 즐거운 삶이라 생각합니다.

부모의 열쇠

부모가 가르쳐야 할 다섯 가지

1. 살생하지 마라

   작은 미물이라도 생명을 소중히 여기는 마음

   내가 아닌 다른 존재를 소중히 여기게 되면 나를 소중히 여기게 됩니다.

2. 도둑질하지 마라

   남이 주지 않는 것을 부당하게 얻으려 하지 않는 마음

   욕심이 사라지고 나 스스로 피와 땀을 흘려서

   얻으려는 정직함을 배우게 됩니다.

3. 음란한 행위 하지 마라

   성추행, 성폭행 등 성적 쾌락에 빠지지 않는 마음

   건강한 성교육을 통해서 올바른 사랑을 배우게 됩니다.

4. 거짓말하지 마라

   진실이 아닌 것에 타협하지 않는 당당한 마음

   자신감이 생기고 자신의 삶을 주체적으로 살게 됩니다.

5. 술 먹지 마라

중독적인 물질에 탐닉하고 쾌락에 빠져드는 마음

술, 담배, 마약과 같은 중독에 빠지지 않으면 그만큼 인생을

행복하게 살게 됩니다.

이 외에는 자녀가 하는 모든 것에 대해서 무조건 허용해 주면 됩니다.

가장 쉬운 교육은 부모인 내가 먼저 그런 행동을 하지 않는 겁니다.

내가 하게 되면 자녀는 금세 '따라쟁이'가 됩니다.

자식에게 돈을 준 부모는 그 돈이 사라지면

자식으로부터 외면을 받지만,

자식에게 사랑과 삶의 가치를 심어 준

부모는 영원히 자식으로부터 봉양을 받게 됩니다.

아기도 마음을 느낀답니다

배 속의 아기는 아무것도 모른다고 생각하시나요?

말 못 하는 강아지는 감정을 못 느끼나요?

아닙니다. 말만 못할 뿐 오히려 더 세밀하게 느끼게 됩니다.

왜냐하면 아기는 배 속에서 엄마와 똑같이 보고 듣고 느끼기 때문입니다.

저는 우연히 최면을 통해서 엄마 배 속으로 들어가 본 적이 있었는데,

엄마의 감정을 정확하게 알 수가 있었습니다.

여성이 임신했을 때 아기와 대화하지 않나요?

이 말은 그 생명이 나와 호흡하고 함께 소통하고 있다는 겁니다.

그래서 엄마는 항상 평온하고 안정된 마음을 유지해야 합니다.

남편은 엄마가 아기를 잘 키울 수 있도록 항상 배려해야 합니다.

시어머니도 며느리가 스트레스 받지 않도록 잔소리보다

사랑으로 감싸 줘야 합니다.

가장 나약할 때 받은 상처가 가장 깊은 법입니다.

임신했을 때 엄마가 받은 스트레스는 여과 없이

아이의 정서 상태에 영향을 줍니다.

제발 살려만 주세요

2004년 이라크 파병을 가서

바그다드 대사관 경비 대장 임무를 수행했습니다.

그곳에는 학교 간 아이가 주검이 되어서

돌아오는 일들이 비일비재했습니다.

하루에도 수백 명이 전쟁 속에 죽어 갔습니다.

하루는 대사관에서 밥을 해 주는 '마들린'이라는 분이 저를 찾아왔습니다.

당신에게 딸이 세 명 있는데 한국으로 데리고 가 달라는 겁니다.

처음에는 장난인 줄 알았는데 눈을 보니 진심이더군요.

내 자식들이 죽지 않고 살아 있는 것만 해도 바랄 것이 없다고

저에게 말하더군요.

나도 모르게 눈물이 울컥 쏟아졌습니다.

오죽했으면 그 말을 했을까?

우리는 너무나도 아이들에게 많은 기대와 집착을 하고 있는 것이 아닌가?

라는 생각을 합니다.

네 이웃의 아내나 남편을 탐하지 마세요

성욕은 인간에게 있어서 원초적인 욕구라 할 수가 있습니다.

남성과 여성이 만나면서 즐거운 성생활을 합니다.

나아가서는 결혼하고 두 사람의 사랑의 결실로 소중한 아기가 태어납니다.

성에 있어서 미혼 남녀일 경우에는 법적인

어떠한 제약도 없는 자유로운 상태가 되지만,

결혼을 한 유부남 유부녀일 경우에는 법적인 책임이 따르게 됩니다.

대부분의 종교에서는 소위 말하는 불륜을 금지하고 있습니다.

얻는 것이 1이라면 잃는 것은 100에 가까울 정도로

대가가 크기 때문입니다.

얻는 것은 단기간의 성적 쾌락과 일시적인 안정감입니다.

잃는 것은 다음과 같습니다.

1. 인간을 가장 불행하게 만드는 것 중 하나인 죄의식은 날로 커져만 갑니다.

2. 배우자와 아이들의 삶을 불행하게 만듭니다.

3. 자녀가 그 행동을 모방하게 됨으로써 나중에 자녀를 통해서 내 모습을 보게
   될 겁니다.

진짜 마음 가짜 마음

4. 거짓은 결국 드러나기에 그동안 쌓아온 명예와 가치를 잃어버리게 됩니다.

5. 인생의 더 큰 즐거움과 행복을 못 느낀 채 어리석은 삶을 살게 됩니다.

6. 불륜은 상대방의 가정을 파괴시키는 죄이기에 틀림없이 그 대가를 받게 됩니다.

7. 나로 인해서 상처받은 가족들이 결국 나를 외면하거나 등을 돌리게 될 겁니다.

불륜 상담을 하다 보면 하나같이 후회한다는 말만 남기더군요.
만약 지금 후회하지 않는다고 말한다면 내일의 고통과 고난을 겪어 보지 않아서 그럴 겁니다.

자녀는 대리 만족의 대상이 아닙니다

내가 학벌 콤플렉스가 있으면 자녀를 명문대에 보내려고 애를 씁니다.

내가 운동선수로서 아쉬움이 있으면 자녀를 국가대표로 만들려고 합니다.

내가 예술가로서 꿈을 펼치지 못했으면

자녀를 훌륭한 예술가로 만들려고 합니다.

내 외모가 만족스럽지 못하면 자녀의 외모를

공주와 왕자처럼 만들고 싶어 합니다.

부모가 자녀를 위해서 최선을 다하는 것 같지만

이면에는 이런 함축적 의미가 있습니다.

자녀가 원하는 삶보다 부모인 나의 콤플렉스를

네가 대신 채워 주기를 바라는 겁니다.

한 번이라도 아이가 무엇을 하고 싶은지

어떠한 삶을 살고 싶은지 물어본 적 있나요?

내가 원하는 대로 따라 주는 아이를 보면 나는 행복할지 모르지만,

아이의 삶은 불행으로 가득 차게 될 겁니다.

자녀는 나의 즐거움과 아쉬움을 달래기 위한 수단이 되어서는 안 됩니다.

그들 스스로가 원하는 것을 선택할 때 적극적으로

믿어 주고 지지해 줘야 합니다.

그렇지 않고 부모가 원하는 인생을 살게 되면
나중에 크게 후회할지도 모릅니다.
나중에 결혼하고 아이를 낳으면 자신의 아이를
또다시 대리 만족의 수단으로 삼게 됩니다.
그렇게 악순환이 반복됩니다.
이제 나부터 행복하게 사시기 바랍니다.

아이들이 너의 소유물이 아님을 기억하라.
아이들은 위대한 신령이 잠시 너에게 맡긴 선물이다.
– 북아메리카 인디언들의 말씀 중에서 –

부모의 열쇠

부모의 심정은 얼마나 힘들까요?

얼마 전 신문 기사가 생각납니다.

고등학생 아들이 지나가는 여학생을

성폭행하고 헐레벌떡 집으로 돌아왔습니다.

"아버지, 제가 성폭행을 했어요. 아무도 못 봤어요. 이제부터 공부도 열심히

하고 착한 아들이 될 테니 한 번만 눈 감아 주세요. 저 살고 싶어요."

그러자 아버지는 한동안 아무 말도 없이 눈물을 흘리셨답니다.

그리고 아들에게 "사랑한다. 너를 사랑하기 때문에 너를 지켜 주고 싶구나.

평생 죄의식 속에서 네가 살도록 하고 싶지 않구나."

그리고 아들의 손을 잡고 경찰서에 가서 자수를 했다고 합니다.

모른 척하고 넘어가고 싶은 마음이 굴뚝같았을 겁니다.

그러나 세상일은 결국 드러나기 마련입니다.

설령 부모인 내가 모른 체하고 넘어갔더라도

그 잘못을 반성할 기회가 없으면

나중에는 더 큰 범죄를 저지를 수도 있습니다.

아니면 평생 죄의식 속에서 자기 삶을 망쳐 버릴 수도 있습니다.

때론 피눈물을 흘리더라도 부모는 자녀를 위해서

단호해질 필요가 있습니다.

시험에 떨어진 아이를 위로해 주세요

아이는 시험에 떨어져서 괴로워합니다.

입시가 끝난 뒤에 수 명의 아이들이 매년 자살을 하기도 합니다.

부모는 아이 때문에 당신 역시 우울하고 괴롭다고 말을 합니다.

이 말은 "너 때문에 내가 힘들어."라는 소리입니다.

아이가 그 느낌을 모를까요?

누구보다 정확하게 알고 있을 겁니다.

부모를 힘들게 하는 못난 자식이 되어 버립니다.

죄의식은 날이 갈수록 쌓여 갑니다.

죄인은 어떻게 될까요? 벌을 받게 됩니다.

그럴 때 우울증에 빠지고 자해를 하기도 합니다.

마지막으로 나라는 존재는 쓸모가 없다면서

소중한 생명을 끊어 버리게 됩니다.

아이가 힘들어할 때 "별일 아니야."라면서 '도닥토닥' 위로해 주세요.

그러면 그 힘을 바탕으로 다시 멋진 도전을 하게 될 겁니다.

네가 알아서 살아라

전라도 보성 촌놈이 대학을 다니기 위해서 서울에 유학을 가게 되었습니다.
전날 아버지가 부르시더니 이렇게 말씀하시더군요.
"우리 집은 돈이 없단다, 처음 등록금은 대 주는데
나머지는 네가 벌어서 공부해라."
그땐 참 야속했습니다.
학비를 벌기 위해서 수업이 끝나거나 주말이 되면 막노동을 했습니다.
그렇게 학교를 마쳤습니다.

그 당시는 힘들었지만 부모에게 의지하지 않고
일찍 자립하는 법을 배우게 되었습니다.

부모가 돈이 많으면 좋은 교육 환경을 제공해 주는 장점이 있습니다.
대신 의존심이 커집니다.
부모가 돈이 없으면 스스로 자립할 기회가 빨라집니다.
대신 힘든 시기를 겪습니다.

많다고 너무 좋아할 필요도 없고,

없다고 불평불만을 가질 필요도 없습니다.

하나를 얻으면 하나를 잃는 법이기에 지금 나의 상황이

가장 좋다고 생각하면 됩니다.

인간의 잠재 능력은 편안할 때보다는

궁지에 몰리고 힘들 때 발현되는 법입니다.

자신의 처지를 비관하기보다는

나에게 필요한 노력과 능력을 키우시기 바랍니다.

부모의 열쇠

주의력 결핍 과잉 행동 장애(ADHD)

주의력 결핍은 마음이 불안해서 집중하지 못하는 심리 상태를 말합니다.
과잉 행동 장애는 마음의 분노와 두려움이 과격하고
산만한 행동으로 드러난 것을 말합니다.
요즘 아이들 3명 중 한 명꼴로 ADHD 증상을 겪는다고 합니다.
왜 생길까요?

엄마 아빠로부터 사랑받지 못한 애정결핍이 주요한 원인입니다.
특히 엄마의 불안한 심리는 절대적으로 영향을 미치게 됩니다.
자신들이 먼저 반성하고 변화할 생각을 하는 부모들도 있지만,
대부분은 병원의 약물치료에 의존하거나,
심리 상담사들이 치유해 주기를 기대합니다.

아이들에게 약을 먹이기보다는 1%도 부작용이 없는 사랑을 먹여 주세요.
내가 변화하지 않고서는 그 어떤 대단한 치료법도 큰 도움이 되지 않습니다.
내 자식 내가 책임져야 합니다.

좋은 배우자를 만나고 싶다면

부모를 싫어하게 되면
"엄마 아빠와 같은 사람과 결혼하지 않을 거야."라고 다짐합니다.
그러나 아이러니하게도
정작 결혼한 사람은 부모보다 더 인격적으로 문제가 있는
사람을 만날 확률이 높습니다.

왜냐하면 사람을 볼 때 전체적인 시야로 보지 못하고,
오로지 기준이 엄마 아빠가 되기 때문에 실수를 하곤 합니다.

어떤 주부의 고백이 생각나네요.
당신의 아빠가 술주정뱅이라서
자신은 술만 안 먹는 남자를 찾아서 결혼했는데,
막상 결혼하고 나니 술만 안 먹을 뿐,
바람을 피우고 매일 폭력을 썼다고 하네요.

당신이 올바른 성인이 되고 싶다면 부모를 먼저 이해하고 용서해 주세요.
그래야만 나의 올바른 눈으로 세상을 바라볼 수가 있습니다.

당신의 자녀는 어떤 꿈을 꾸고 있나요?

어릴 때 꿈만 꾸면 항상 귀신과 같은 무서운 사람이 저를 쫓아왔습니다.

아무리 살려달라고 해도 누구 하나 나를 거들떠보지 않고 외면을 하더군요.

얼마나 무서웠는지 이불에 지도를 그리곤 했습니다.

수백 번 그런 꿈을 꾸다 보니 잠자는 것이 무서울 정도였습니다.

그 당시에는 몰랐지만 어린 꼬마의 심리는 항상 불안했던 겁니다.

꿈은 반대라고 말하지만 제가 경험해 본 바로는

꿈은 그대로의 심리를 드러냅니다.

해석상의 차이는 있겠지만,

우리는 꿈을 통해서 내면의 무의식을 알 수가 있습니다.

내 마음이 즐겁고 행복하면 좋은 꿈을 꾸겠지만,

내 마음이 불안하고 우울하면 당연히 좋지 않은 꿈을 꾸게 됩니다.

자녀가 어떤 꿈을 꾸고 있는지 한번 물어봐 주실래요?

꿈 이야기를 듣다 보면 부모인 내가

무엇을 어떻게 해 줘야 할지 알게 될 겁니다.

한 살이라도 많은 내가 이해를 해 줘야 하지 않나요?

가장 어리석은 부모는 자식과 싸우는 부모입니다.

자식과 싸워서 어떻게 해서라도 이기려고 합니다.

그렇게 노력해서 아이의 기를 죽이면 내가 이긴 건가요?

나는 승자의 기쁨을 누릴지 몰라도,

당신의 자녀는 패자의 비참함을 느끼게 될 겁니다.

내 아이가 이 세상에서 당당하게 살기를 바라시지 않나요?

부모는 자식의 기를 살려 줘야 합니다.

부모에게서조차 자신의 의사를 관철시키지 못해 버리면,

이 사회에 나가서는 시작도 하지 못하고 금세 기가 꺾여 버릴 겁니다.

그런 아이를 우리는 소심한 아이라고 합니다.

겁쟁이라고 합니다.

아이들이 나쁜 짓만 하지 않는다면

부모는 조건 없는 신뢰를 보여 줄 필요가 있습니다.

협박에 굴하지 마세요

사랑도 좋지만 부모는 올바른 교육을 시켜야 합니다.

첫 번째 협박 : "밥 안 먹어."

두 번째 협박 : "학교 안 가."

세 번째 협박 : "가출해 버릴 거야."

네 번째 협박 : "회사 안 가."

다섯 번째 협박 : "죽어 버릴 거야."

여섯 번째 협박 : "이게 다 엄마 아빠 때문이야."

결국 그 분노의 칼끝을 부모에게 들이밀게 될 겁니다.

부모가 자녀를 너무 온실 속의 화초로 키우면 안 됩니다.

지나친 사랑은 의존심을 키우게 되고,

부족한 사랑은 불안과 공격성을 키우게 됩니다.

그래서 항상 자녀와 대화하고 그들과 소통할 준비를 해야 합니다.

그렇지 않으면 자녀는 세상과 소통하기보다는 부모에게 협박을 통해서

자기 이익을 얻으려고 할 겁니다.

남에게 피해를 주는 나쁜 짓이 아니라면

대범하게 자녀를 가르쳐야 합니다.

"밥 안 먹어." 라고 하면 가벼운 마음으로 이렇게 말해 주는 겁니다.

"그래 네가 입맛이 없구나. 나중엔 네가 차려 먹어라."

그러면 아이는 제 때에 밥을 먹게 될 겁니다.

사소한 것부터 부모가 겁을 먹어서 쉽게 물러서게 되면

나중엔 걷잡을 수 없을 정도로

자녀의 협박은 커지기 마련입니다.

이는 철저하게 자녀가 독립된 존재로 성장시키기 위한

부모의 사랑에서 시작되어야 합니다.

요즘 신문기사를 보면 성인이 되었는데도

부모에게 돈 달라고 협박하는 사람들이 있는데,

이런 무수한 과정들이 잘못 교육이 되었기 때문입니다.

집중력이 없는 아이

이런 조건을 만들어 주면

당신의 아이는 놀라운 집중력을 발휘합니다.

1. 하고 싶은 일을 할 때.

2. 심리적으로 안정될 때.

3. 꿈이 있을 때.

4. 재미와 흥미가 있을 때.

5. 주변으로부터 부담을 받지 않을 때.

6. 부모로부터 사랑과 칭찬을 받을 때.

7. 결과가 아닌 과정에 충실할 때.

8. 잘해야겠다는 욕심이 사라질 때.

9. 남과 비교하지 않을 때.

10. 자신을 사랑할 때.

잔소리 그만하세요

잔소리하는 이유는 믿지 못하는 불신 때문입니다.

그토록 잔소리를 했는데 정말로 내 말을 곧이곧대로 따라 준 적 있나요?

잔소리 그만하고 마음을 열고 진지한 대화를 해 보세요.

내가 낳은 자식 내가 안 믿어 주면 과연 누가 믿어 줄까요?

나마저 믿어 주지 않는데 사회에 나가면 불 보듯 뻔합니다.

많은 부모들이 하는 말 "도대체 이 아이의 속을 알 수가 없어요."

그 이유는 잔소리하다가 정작 중요한

아이의 마음을 듣지 못해서 그렇습니다.

처음에는 마음의 문을 닫고 부모와 대화를 하지 않으며,

중간에는 가출을 하거나 부모를 원망의 대상으로 간주하게 되며,

끝에는 심각한 우울증에 걸리거나 자살이라는

극단적인 선택을 하게 됩니다.

내 생명과 같은 소중한 아이를 불행하게 만들지 마세요.

자식이 믿음을 보여 주기를 기대하는 부모는 자식보다 어린 사람입니다.

수레를 넘겨 주세요

처음에는 수레에 앉은 자식을 끌고 갑니다.
그리고 세상의 아름다움과 즐거움을 가르쳐 주는 겁니다.
나중에 아이가 "나도 내려서 걸어가 보고 싶어"라고
하면 그때 내리게 합니다.

그리고 혼자서 걸어갈 수 있도록 기회를 줍니다.
나는 조금 먼발치에서 아이가 가는 길을 지켜만 봅니다.
"아들딸아, 가다가 힘들 때 돌아와도 되니 멋지게 너의 인생을 살아 보렴"
품 안의 자식을 놓아줄 수 있어야 합니다.

그리고 하얀 머리가 나고 내가 수레를 끌 수 없을 때
떠난 자식은 다시 돌아와서
노인이 된 나를 수레에 태우고 끌고 가게 될 겁니다.

진짜 마음 가짜 마음

저도 모르게 아이에게 욕을 하거나 때립니다

많은 엄마들이 저에게 물어봅니다.

"어떻게 하면 이 나쁜 습관을 멈출 수 있나요?"

그러면 저는 이렇게 말합니다.

"시간이 지나면 멈춰질 겁니다. 나중에 아이가 사춘기가 되거나

성인이 되면 받은 대로 돌려줄 테니까 그때까지만 기다려 보시기 바랍니다.

그때가 되면 생명을 가진 존재에게 욕하고 때리는 행동이

얼마나 나쁜 짓인지를 알게 될 겁니다."

저 참 못됐죠? 지금 당장 멈춰야 합니다.

방법을 찾는 것이 중요한 것이 아니라, 그 행동을 멈춰야 합니다.

당신의 스트레스와 분노를 약한 아이들에게 분풀이해서는 안 됩니다.

지금은 아이들이 힘이 없기 때문에 참고 있는 겁니다.

나중에 엄마 아빠보다 힘이 세질 때, 그때 복수하게 될 겁니다.

저는 복수를 당하는 엄마 아빠를 많이 봤습니다.

그땐 피눈물을 흘리고 사과를 해도 예전과 같은 착한 아이가 되지 않습니다.

이제 그만하세요. 당신과 자녀의 행복을 위해서 말입니다.

연기자 '김혜자'씨의 책 제목이 생각나네요.

"꽃으로도 때리지 말라."

제9장

지혜의 열쇠

지식과 지혜라는 친구

지식은 아는 체를 하지만,

지혜는 알아도 모른 체를 합니다.

지식은 안다고 말하지만,

지혜는 모른다고 말합니다.

지식은 알아도 행동하지 못할 수도 있지만,

지혜는 알면 당연히 행동하게 됩니다.

지식은 정답을 찾지만,

지혜는 행복을 찾습니다.

지식은 남을 앞서려고 하지만,

지혜는 남과 함께 사는 법을 추구합니다.

지식은 배움을 통해서 얻어지지만,

지혜는 경험을 통해서 채워집니다.

지식은 시간이 지날수록 흐릿해지지만,

지혜는 시간이 지날수록 명확해집니다.

지식은 눈앞의 이익을 보지만,

지혜는 우주와 자연의 이치를 봅니다.

지식은 머리를 굴리게 하지만,

지혜는 가슴을 움직이게 합니다.

지식은 옳고 그름을 평가하지만,

지혜는 있는 그대로 수용하려 합니다.

지식은 지혜가 없으면 소용이 없지만,

지혜는 지식을 더욱더 밝혀 줄 수가 있습니다.

지식과 지혜는 노력을 통해서 개발이 됩니다.

우리는 이미 충분한 지식을 가지고 있습니다.

지식이라는 친구를 더 빛나게 해 줄 지혜라는 친구가 필요합니다

마음, 너! 도망가지 마

마음이 과거에 머물면 다음과 같은 친구들이 몰려옵니다.

"후회, 원망, 한탄, 미움, 슬픔, 괴로움, 아쉬움, 속상함, 분노."

이 친구들이 몰려오면 우리의 삶은 금방 불행해지게 됩니다.

마음이 미래에 머물면 다음과 같은 친구들이 몰려옵니다.

"걱정, 근심, 두려움, 불안함, 건강 염려증, 막막함."

이 친구들이 몰려오면 앞날이 캄캄해지듯 무기력해집니다.

이 친구들과 이별하는 방법이 딱 한 가지 있습니다.

'지금 이 순간'이라는 친구만 바라보는 것

"마음아, 아무 데도 가지 말고 지금의 나만 바라봐,

그럼 넌 행복해 질 수 있어."

과거는 이미 지나갔기에 끝났습니다.

미래는 시작도 안 했기에 의미가 없습니다.

지금이라는 현재의 순간에 우리는 존재합니다.

내 심장은 어제도 아닌 내일도 아닌 지금 나를 위해서 뛰고 있습니다.

지금 나를 믿고 파이팅을 외쳐 보세요.

진짜 마음 가짜 마음

한 남자가 신에게 물었습니다

남자 : "신이시여! 도대체 제 마음의 평화는 어디에 있습니까?"

신   : "nowhere(어디에도 없다.)."

남자 : "그러면 저는 어떻게 하라는 말인가요?"

신   : "'w'와 'h' 사이를 벌려 보아라.

now here(지금 여기)

모든 것은 지금 여기 존재합니다.

과거도 아니고 미래도 아니며 지금 움직여야 합니다.

세 명의 친구와 함께 말입니다.

첫 번째 친구는 놀라운 지혜를 겸비한 나의 영혼

두 번째 친구는 어디든지 헤쳐 나갈 수 있는 용감무쌍한 두 다리

세 번째 친구는 무엇이든지 만들어 낼 수 있는 똑똑한 두 팔

지혜의 열쇠

내가 원하는 삶은 무엇일까요?

영국 '가디언'은 죽을 때 가장 후회하는 5가지를 소개했습니다.
이 내용은 수년간 오스트레일리아에서
말기 환자들을 돌보는 간호사로 일한 '브로니 웨어'가
환자들이 생의 마지막 순간에 보여 준
삶에 대한 통찰을 꼼꼼히 기록한 것입니다.

1. 내가 원하는 삶이 아닌 다른 사람이 기대하는 삶을 산 것.
2. 일을 너무 열심히 한 것.
3. 내 감정을 솔직히 표현하지 않은 것.
4. 옛 친구들과 연락이 끊긴 것.
5. 변화를 두려워해 즐겁게 살지 못한 것.

껍질을 이젠 벗어도 되지 않나요?

껍질은 딱딱합니다.

내용물을 보호하기 위한 역할을 합니다.

포장지는 화려합니다.

진짜 내용물이 별 볼 일 없더라도 숨길 수가 있습니다.

병아리는 때가 되면 딱딱한 껍질을 깨고 나옵니다.

포장지는 결국 벗겨져서 내용물이 드러나기 마련입니다.

알에서 병아리가 부화하지 않으면 결국 썩게 됩니다.

이처럼 우리도 자신을 감싸고 있는 갑옷과 같은

껍질을 부수고 나와야 합니다.

껍질 속에 숨어 버리면 그 순간은 안전할지

몰라도 영영 갇혀 살지도 모릅니다.

나를 있는 그대로 드러냈을 때 진정 자유로움을 겪기 마련입니다.

우리의 내면은 나를 감싸고 있는 껍질보다

훨씬 튼튼한 지혜로움이 있습니다.

이제 알에서 깨어나시기 바랍니다.

지혜의 열쇠

다른 이의 종교를 존중해 주세요

가끔 엉뚱한 상상을 합니다.
부처님과 예수님과 공자님이 지금 한자리에 모여 있다면
서로 자기네 것이 정답이라면서 다투고 싸울까요?
내 것은 진리이고 네 것은 사이비라면서
서로의 것을 업신여길지 궁금합니다.

절대 그러지 않겠지요?
서로 멱살 잡고 싸운다면 그분들은
눈곱만큼의 수행을 하지 않는 분들입니다.
그분들은 역사상 가장 존경받는 위대한 성인입니다.

아마 이 세 분께서 한자리에 모이셨다면
오랜 친구를 만난 듯 즐거워하실 겁니다.
하늘에서 인간들의 행태를 보면 많이 아쉬워할 것 같네요.

죽을 때 내 삶을 돌아본다면

저는 어떤 일이 발생할 때 저 자신에게 물어봅니다.

처음에는 이익과 손해를 따지기 위해서 수없이 머리가 돌아갑니다.

잠시 그 친구들을 멈추게 하고 가슴에 물어봅니다.

"영국아. 후회 안 할 자신 있니?"

그러면 신기할 정도로 정확한 답변을 해 준답니다.

한 번뿐인 인생 되도록 후회하지 않고 살아 봅시다.

내가 죽음을 앞둔 할머니, 할아버지가 되었을 때

지난날을 돌아보면 어떤 마음일까요?

죽을 때는 웃으면서 이렇게 말하면서 가야 하지 않을까요?

"후회도 미련도 없이 재미나게 잘 놀다 갑니다."

내가 태어났을 때는 나는 울었지만

나의 부모와 세상은 즐거워했습니다.

내가 죽을 때는 세상이 울고

나는 즐거운 마음으로 웃으며 떠나고 싶습니다.

꼭 많은 것을 지녀서 좋은 것은 아닙니다

집이 크면 청소하다가 시간 다 보냅니다.

비싼 차는 유지비가 비쌉니다.

돈이 많으면 도둑들이 눈독을 들입니다.

얼굴이 잘생기고 아름다우면 인기는 있을지 몰라도

구설수에 휩싸일 수가 있습니다.

재주가 많으면 이것저것 하다가 한 가지도 제대로 못하게 됩니다.

공부를 잘하면 다른 것에 흥미를 느낄 시간이 부족합니다.

꿈이 많으면 평생 꿈꾸다 좋은 시간 다 보내곤 합니다.

음식이 배 속에 가득 차면 배가 아프고 불편합니다.

우린 과한 것을 쫓아가며 살지만

그에 따른 불편함은 모르고 사는 것 같습니다.

뭐든지 적당한 것이 좋습니다.

어쩌면 지금이 가장 적당한 상태일지도 모릅니다.

신을 믿으세요?

종교가 있다면

바라는 거 없이 감사하는 마음으로 믿으세요.

종교가 없다면

나를 낳아 준 부모를 신처럼 대하세요.

나의 어리석음을 깨우쳐 준 스승을 신처럼 대하시고요.

지금까지 열심히 살아온 나 자신을 신처럼 여기세요.

신은 여전히 내 안에서 함께 호흡하고 있습니다.

눈앞에 보이는 쾌락(욕심)을 신으로 대할 때

내 안의 신은 구슬프게 울게 됩니다.

저는 꿈을 이렇게 해석합니다

'프로이트'는 꿈은 무의식에 이르는 왕도라고 했습니다.
꿈을 통해서 의식이라는 가면 속의 숨겨진 본래의 감정이
드러난다고 합니다.

저는 누군가에게 화를 내고 공격적인
행동을 하는 꿈을 꾸면 이렇게 생각합니다.
"내가 분노를 다스리지 못해서 누군가에게 피해를 주고 있구나."
무언가로부터 쫓기고 도망 다니는 꿈을 꾸면 이렇게 생각합니다.
"내가 겁을 많이 먹었구나. 다시 용기내서 나아가 보자."

진짜 마음 가짜 마음

어떤 목표를 달성하지 못해서 아쉬워하는 꿈을 꾸면 이렇게 생각합니다.
"내가 게을렀구나. 다시 힘내서 더 노력해야겠구나."
큰 잘못을 해서 크게 후회하는 꿈을 꾸면 이렇게 생각합니다.
"내가 현명하지 못했구나. 앞으로는 정직하게 잘 살아야겠구나."
소중한 것들이 나에게서 떠나가는 꿈을 꾸면 이렇게 생각합니다.
"감사함이 부족하구나, 욕심 부리지 말고 만족하며 살아야겠구나."

꿈은 반대라고들 말하지만 저는 그렇게 생각하지 않습니다.

우리들의 걱정들과 불안의 요소들이 꿈(무의식)을 통해서

나타나기 때문입니다.

그러나 나로부터 시작된 그 어리석음과 반성을 하지 못하게 되면,

처음에는 꿈으로 나타나지만 어느 순간 현실로 나타날 수도 있습니다.

나쁜 꿈을 꾸면 스스로의 말과 행동을 조심해야 하며,

좋은 꿈을 꾸면 눈을 뜨자마자

감사하는 맘으로 살아가면 좋을 것 같습니다.

지
혜
의
열
쇠

주삿바늘이 들어오지 않아요

병원에서 주사 맞을 때 긴장돼서 힘이 들어가지 않나요?

그럴 때 간호사는 엉덩이를 툭툭 치면서

"아프지 않으니까 힘 빼세요."라고 합니다.

그러면 주삿바늘에서 약이 내 몸속으로

자연스럽게 들어가서 치료가 됩니다.

만약 끝까지 힘을 주고 있다면 주삿바늘은

휘어지거나 부러지고 말 겁니다.

우린 매사에 지나치게 힘을 주듯 살기에

삶 자체가 억지스럽고 딱딱해져 버립니다.

힘을 잔뜩 주고 공부하는 아이는 결국 두통에 시달리게 됩니다.

운전을 못 하는 사람은 의자에 기대지 못하고

운전대에 바짝 붙어서 운전을 하게 됩니다.

프로 선수와 아마추어 선수의 가장 큰 차이는

'힘 빼는 법을 아느냐'에 따라 갈리게 됩니다.

당신의 삶 속에서 어떠한 문제가 생기고 있다는 것은

잔뜩 힘을 주고 있기 때문입니다.

진짜 마음 가짜 마음

몸과 마음이 아프다는 것은 그동안 과하게 힘을 주었다는 말이기도 합니다.
외부의 대상에 힘을 주고 바라보게 되면 다툼과 싸움이 일어나고,
내면의 자신에게 힘을 주게 되면 학대와 괴로움이 시작됩니다.

힘을 빼면서 살아 봅시다.
힘을 빼는 순간 내면에서 올라오는
잠재 능력의 무궁무진한 힘을 받아들일 수 있으며,
외부에서 전달되는 다양한 체험과 경험을
보고 듣고 배울 기회를 얻게 됩니다.

이젠 마음의 문을 활짝 열고 있는 그대로
받아들이는 연습을 해 보시기 바랍니다.

지혜의 열쇠

최고의 보시는 내가 행복해지는 거랍니다

내가 불행하면 나와 인연이 있는 사람들 모두 힘겨워집니다.

내가 행복하면 나와 그들에게 줄 수 있는 것들이 무한해집니다.

그들을 위해서 웃어 줄 수도 있고,

그들의 아픈 마음을 이해해 주고 들어 줄 수가 있고,

나를 통해서 그들이 행복의 느낌을 배울 수가 있습니다.

나는 그만큼 베풀어 줄 수 있는 것이 많은

가장 행복한 사람이 되는 겁니다.

꼭 물질적인 도움만이 보시가 아니라, 가장 아름다운 보시는

내가 행복해짐으로써 그 행복을 나누는 것이라 생각합니다.

진짜 마음 가짜 마음

어머니, 편하게 보내드릴게요

문득……,

지금 내가 가장 두려워하고 있는 것은 무엇인가? 라고

생각해 봤습니다.

나를 가장 힘들게 할 수 있는 일은 무엇인가?

내 어머니의 죽음…….

어린 시절 어머니가 죽으면 나도 따라 죽겠다고 다짐을 하였지요.

그러나 이제는 그 마음이 바뀌었습니다.

어머니가 돌아가시면 마음은 아프겠지만 가시는 길

웃어 드리기로 결심했습니다.

고된 인생 잘 마치시고 새로운 여행을 떠나는 내 어머니를

즐거운 마음으로 보내드리는 것이 자식 된 도리가 아닐까 생각해 봅니다.

그 인연이 오래가기를 바라기보다는

인연이 끝날 때까지 소중히 여기는 지혜가 필요합니다.

"마음은 아프겠지만 어머니 가실 때

속상하지 않도록 웃으면서 보내드릴게요."

From 어머니를 사랑하는 막내아들 영국.

착한 기도 vs 나쁜 기도

오늘 아침 열심히 기도하고 길을 나섰습니다.

"기도를 했으니 좋은 일이 생길 거야."

횡단보도를 건너다가 신호를 무시하고

질주하는 차량에 부딪혀서 사고가 났습니다.

그래서 한쪽 다리가 부러졌습니다.

첫 번째 반응 : "난 왜 이렇게 재수가 없는 거야. 신이시여, 왜 저에게 고통을 주십니까?"

두 번째 반응 : "신이시여, 정말 감사합니다. 죽을 수도 있었는데 다리 하나 부러진 것에 정말 감사드립니다. 남은 삶 더 감사하는 마음으로 살겠습니다."

같은 상황인데 반응은 전혀 다르지 않나요?

여러분은 이런 상황일 때 어떤 기도를 하며 살아가시나요?

진짜 마음 가짜 마음

맹신과 믿음

맹신은 사실과 상관없이 무조건적인 믿음을 말하며,

믿음은 충분한 검증을 통한 확신에 찬 앎을 말합니다.

맹신은 욕구와 두려움의 씨앗에서 태어나지만,

믿음은 이해와 사랑의 씨앗에서 태어납니다.

맹신은 생명 없이 배가 불러오는 상상 임신과 같지만,

믿음은 생명이 잉태하는 체험을 하게 됩니다.

맹신은 시련이 찾아오면 금세 흔들리게 되지만,

믿음은 시련이 찾아오면 더욱더 굳건해집니다.

맹신은 의존성이 높아지지만 믿음은 자립심이 높아집니다.

맹신을 '어리석음'이라 하고 믿음을 '지혜로운 앎'이라고 말합니다.

맹신은 흔들리는 순간 불신으로 탈바꿈하게 됩니다.

맹신은 맹인이 코끼리 코를 만지는 것과 같습니다.

신을 믿는다면 여러분은 맹신인가요? 아니면 믿음인가요?

자신을 믿는다면 맹신인가요? 아니면 믿음인가요?

눈이 앞에 달린 이유

한번 상상해 보실래요?

첫 번째 : 눈이 뒤에만 달려 있습니다.

그러면 전방의 장애물에 부딪히고 말 겁니다.

두 번째 : 눈이 앞과 뒤 모두 달려 있습니다.

그러면 아마 정신이 안드로메다로 날아가 버릴 겁니다.

우리 눈이 앞에 달린 이유는 뒤돌아보는 것보다

앞을 내다보는 것이 더 중요하기 때문입니다.

눈앞의 현실을 보지 못하고 자꾸 과거에 집착한다는 것은

고개를 뒤로 돌리고 몸은 앞으로 걸어가고 있는 것과 같습니다.

결국 1m도 못 가서 금세 넘어지고 말 겁니다.

과거의 교훈은 한 번이면 충분합니다.

그 수많은 과거가 당신의 현재 모습을 만들었습니다.

이젠 과거의 교훈을 가지고 앞만 보고 걸어가십시오.

나쁜 사람과 좋은 사람

이 세상에서 가장 **나쁜 사람**은 '**나뿐인 사람**'입니다.
자기밖에 모르는 이기주의자를 말하지요.
그들은 사촌이 땅을 사면 배가 아파서 뺏고 싶은 마음이 들 겁니다.

이 세상에서 가장 **좋은 사람**은 '**조화로운 사람**'입니다.
그들은 사촌이 땅을 사면 같이 즐거워하고 축하해 주고 싶을 겁니다.

우리가 듣는 말 중 가장 심한 욕은 '넌 너밖에 몰라'일지도 모릅니다.
누군가가 나에게 이런 말을 했다면 타인에 대한 이해와 배려가 필요합니다.

지혜의 열쇠

벌 받는 것이 꼭 나쁜 것은 아닙니다

잘못을 했으면 벌을 받는 것은 당연한 것입니다.

그것을 숨기려고 하거나 피하려고 하는 순간 우리는 도망자 신세가 됩니다.

범죄자가 평생 경찰을 피해서 두려움 속에서 살아가게 됩니다.

은행에서 빌린 돈을 갚지 못하면 매일 엄청난 이자를 갚아야 합니다.

누군가의 가슴에 피눈물을 흘리게 하면

그 사람은 평생 나를 원망하며 따라다닐 겁니다.

그 악순환을 끝내는 길은 단순합니다.

자수해서 광명을 찾으면 됩니다.

나 또한 그에 합당한 벌(책임)을 받으면 됩니다.

내가 벌을 받는다는 것은 나에게 더 큰 고통을 주는 것이 아니라,

이제 남은 빚을 갚고 다시 새로운 시작을 할 수 있는 기회를 주는 겁니다.

벌을 받지 않으면 평생 무시무시한 괴물이 나를 쫓아다니게 됩니다.

그것을 죄의식이라고 합니다.

잘못은 누구나 할 수 있지만

그것을 마무리할 수 있는 존재는 바로 '나'입니다.

내가 벌 받고 있다고 생각한다면 하늘은

그 시간 동안 나를 용서해 주고 있을 겁니다.

담담하게 받아들이고 두 번 다시는

그런 삶을 살지 않겠다고 굳은 다짐을 하면 됩니다.

앞으로는 벌 받을 삶을 살기보다는 복 받을 삶을 살아가 봅시다.

이런 기도 좀 이상하지 않나요?

대기업 면접에서 두 명이 남았습니다.
한 친구는 교회에 다니고 다른 한 친구는 절에 다닙니다.

교회 다니는 친구 : "하나님, 제발 제가 합격할 수 있도록 도와주세요."
절에 다니는 친구 : "부처님, 제발 제가 합격할 수 있도록 도와주세요."

도대체 누가 합격을 해야 할까요?
하나님과 부처님은 자신에게 기도한 사람을 붙도록 힘을 써 줄까요?
만약 실력도 없는 사람을 붙게 해 준다면
부정 입학을 시켜준 꼴이 되겠네요.
사랑의 하나님과 자비의 부처님께서
절대로 그럴 일은 없으리라 믿습니다.

만약 제가 하나님 부처님 입장이라면 이렇게 말할 것 같습니다.
"이놈아, 네 실력을 키워라."

진짜 마음 가짜 마음

모든 것은 변합니다

화려하던 꽃도 겨울이 되면 앙상한 가지만 남습니다.

나이가 들면 건강하던 몸도 약해지면서 병이 납니다.

사랑하는 사람과도 언젠가는 헤어지기 마련입니다.

만나면 헤어지고, 태어나면 반드시 죽고,

젊음은 늙어 가고, 부귀는 빈천으로 돌아갑니다.

변해가는 것을 수용하지 못하고

집착하게 되면 반드시 괴로움이 따라옵니다.

모든 것은 변하기 마련인데,

우리는 그것이 변하지 않기를 바라기 때문에 고통을 받습니다.

우리는 그것이 변할 때 마치 전혀 몰랐던 사실인 양 눈물을 흘립니다.

나도 변하고 너도 변하고 이 세상도 변하게 됩니다.

내가 변하지 않으면 이 세상이라는 둥근 공과 함께 굴러갈 수가 없습니다.

다름을 인정해야 합니다

혜민 스님이 대학원에서 특별 강연을 한 적이 있었습니다.

어떤 분이 "스님, 사이비의 기준이 뭔가요?"라고 물어보는 겁니다.

그러자 스님은 이렇게 말씀하셨습니다.

"저는 내 것만 옳다고 주장하는 것을 사이비라고 생각합니다."

지구상의 70억 명의 인구는 모두 다 다릅니다.

인종, 사회, 계급과 상관없이 하나같이 존중받아야 할 대상입니다.

내 가치관이나 신념과 다르다는 이유로

타인을 배척하거나 무시해서는 안 될 것입니다.

다름을 인정하고 받아들일 때

우리는 손을 맞잡고 함께 웃으면서 살아갈 수 있습니다.

바쁜 서울 친구와 한가한 시골 친구

서울 친구에게 전화하면 이렇게 말합니다.

"영국아, 요즘 바빠서 미치겠다. 사는 게 스트레스야."

시골 친구에게 전화하면 이렇게 말합니다.

"영국아, 빨리 놀러 와. 인생 쉬엄쉬엄 살아야 해."

서울 친구는 연봉이 꽤 높은

대기업에 다니지만 항상 불안해하고 우울해 합니다.

시골 친구는 농사지어서 겨우 밥벌이를 하지만

항상 표정이 밝고 행복해 보입니다.

나도 바쁜 서울 사람이 되어가는 것이 아닌가? 반성해 봅니다.

도대체 우린 무엇을 위해 살아갈까요?

아닐 수도 있습니다

당신은 최선을 다했다고 말하지만 아닐 수도 있습니다.
당신은 운이 없었다고 말하지만 아닐 수도 있습니다.
당신은 착하게 살았다고 말하지만 아닐 수도 있습니다.
당신은 충분히 반성했다고 말하지만 아닐 수도 있습니다.
당신은 진심으로 사랑했다고 말하지만 아닐 수도 있습니다.
당신은 넓은 마음으로 용서했다고 말하지만 아닐 수도 있습니다.
당신은 잘못이 없다고 말하지만 아닐 수도 있습니다.
당신은 간절히 기도했다고 말하지만 아닐 수도 있습니다.
당신은 이제 깨달았다고 말하지만 아닐 수도 있습니다.
당신은 더 이상 할 수 없다고 말하지만 아닐 수도 있습니다.

정말로 그렇게 생각하시나요?
우린 지금도 해야 할 일이 참 많습니다.

여러분도 이렇게 살아가시나요?

1. 책 한 권 사는 것은 아까워하면서

   오천 원짜리 커피는 아무렇지 않게 마십니다.

2. 시장에서는 단돈 천 원이라도 흥정하지만 백화점에서는

   고가의 물품을 쉽게 삽니다.

3. 남 욕할 때는 즐거워하면서 타인이 나를 욕할 때는 격하게 흥분합니다.

4. 자기 성공은 노력의 결과이고

   타인의 성공은 운이 좋아서라고 말합니다.

5. 상대방과 대화할 때 중간에 끼어들어서 "됐고!"라고 말해 버립니다.

6. 상대방이 힘들다고 하소연할 때 "나는 더 힘들어."라며

   듣기조차 싫어합니다.

7. 나보다 힘센 사람 앞에서는 한없이 작아지고,

   힘없는 사람에겐 한없이 커집니다.

8. 친구에게 먼저 전화하지도 않으면서 항상 외롭다고 말합니다.

9. 매일 과식하고 운동도 하지 않으면서 살이 쪘다고 말합니다.

10. 부모에게 빌은 사랑의 $\frac{1}{10}$ 도 갚지 않았으면서 더 달라고 떼를 씁니다.

게으른 사람은 세 가지 선택을 합니다

첫 번째는 아무것도 하지 않기 때문에 배고픔 속에서 살아갑니다.

두 번째는 자신을 도와줄 누군가에게 평생 의지하고 기대며 살아갑니다.

세 번째는 땀 흘리며 살지 않고 남의 것을 훔치며 살아갑니다.

게으른 자는 자신의 삶을 곤궁하게 만들며,

사랑하는 주변 사람들마저 고통 속으로 빠져들게 만들며,

정당하지 않은 방법으로

타인의 재물과 생명을 해치는 범죄자가 될 수 있습니다.

진짜 마음 가짜 마음

마음이 대해와 같다면

저를 아껴 주시는 스승님께서 항상 저에게 이렇게 말을 했습니다.

"너는 속이 좁아서 복날에 개 맞듯이 맞아야 정신 차릴 놈이다."

그 말을 들을 때마다 화가 나고 속상했습니다.

'나 정도면 괜찮지 않나?'라는 생각이 들다 보니

그 말을 더는 듣고 싶지 않았습니다.

나중에 시간이 지나면서 그 말의 의미를 조금 이해할 수가 있었습니다.

아니, 제가 정말 속이 좁은 사람이라는 것을 알게 되었지요.

저는 나의 작은 생각 속에 갇혀서 남의 말을 듣지도 않고

불평불만이 많은 사람입니다.

그릇이 커지기 위해서는 끝없이 깨지고 부서지고 두들김을 겪어야 하는데,

그것이 두렵고 무섭다 보니 항상 회피하고 도망가려 했을 뿐입니다.

나의 작은 그릇에 갇혀 버리니

한 방울의 먹물이 뿌려지면 죽을 듯 힘들어했습니다.

내 마음을 열고 타인과 함께 소통할 때

우리는 대해와 같은 바다를 느낄 수가 있습니다.

나 스스로 문을 닫고 경계를 하는데 어찌 큰 바다를 만날 수가 있을까요?

이제는 조금씩 제 그릇을 넓히는데 주저하지 않으려 합니다.

전 강한 사람인 줄 알았습니다

약한 저 자신이 너무 싫어서 무조건 강해지고자 했습니다.

친구들에게 맞지 않기 위해서 운동을 배웠으며 10년 선수 생활 끝에

전국 대회 1등을 하기도 했습니다.

남자로서 멋지게 살고 싶어서 해병대에 들어가서 소대장 생활을 했습니다.

돈과 명예를 위해서 목숨 걸고 이라크 파병까지 갔습니다.

회사 회식 때 다 쓰러져도 새벽까지 남아서 소주 맥주 원샷을 했습니다.

주변 사람들은 그런 제가 강하고 당당한 사람인 줄 알았습니다.

세상 사람들은 속일지 몰라도 저 자신만큼은

그것이 아니라는 것을 알고 있었습니다.

남의 말 한마디에 쉽게 상처받는 어린 꼬마일 뿐입니다.

가시가 박힌 단단한 갑옷을 입었지만,

실제 내면은 건드리기만 해도 상처받은 어린 꼬마지요.

뒤늦게 알게 되었습니다.

있는 그대로의 나를 받아들이지 않으면 겉으로는 강해 보일지 몰라도,

결국 영원히 내 안의 꼬마는 갑옷 속에서 숨죽이며

살아가야 한다는 것을 말입니다.

이젠 약한 내 모습조차 내 일부로 받아들이고

그 꼬마가 행복할 수 있도록

길을 열어 주고 싶습니다.

"꼬마야, 많이 기다렸지? 이젠 네가 행복해질 수 있도록 형이 따뜻한 옷이

되어 줄게."

뿌리가 튼튼해야 합니다

아무리 아름답고 탐스러운 열매가 열리더라도,

아무리 줄기가 시원하게 뻗었을지 몰라도,

그 뿌리가 썩어 버리면 결국 그 나무는 죽게 됩니다.

우리에게 있어서 **뿌리는 '선한 마음'**입니다.

많은 이들에게 선한 마음을 뿌리면

그 뿌리는 더 멀리 넓게 뿌리를 내리게 됩니다.

그러면 어떠한 풍파에도 자신을 지킬 수 있는 힘이 생기게 됩니다.

줄기는 '집중력 있는 행동'입니다.

어느 것 하나에 온전한 몰입을 하게 되면 가지가 곧게 뻗게 됩니다.

그러면 하는 일에 놀라운 성과를 만들어 낼 수 있는 능력이 생기게 됩니다.

진짜 마음 가짜 마음

열매는 '지혜로운 삶'입니다.

뿌리와 줄기가 탄탄하기에 열매라는 성과는

당연히 탐스럽게 열릴 수밖에 없습니다.

선한 마음과 함께 집중력을 겸비하면

항상 올바른 선택을 할 수 있는 안목이 생기게 됩니다.

당신에게 필요한 것은 선한 마음인가요?

아니면 집중력인가요?

혹시 여전히 탐스러운 열매만을 기다리고 있지는 않나요?

지혜의 열쇠

아무짝에 쓸모없는 나의 왼손

나는 오른손잡이입니다.

밥 먹을 때도, 공부할 때도, 악수할 때도, 문을 열 때도, 커피를 마실 때도,

배드민턴을 칠 때도 오른손만을 사용합니다.

그래서 왼손에게 이렇게 말합니다.

"넌 도대체 하는 일이 뭐니?"

"내가 모든 일을 다 하잖니?"

"귀찮아. 넌 아무짝에도 쓸모가 없으니 꺼져 버려!"

그러자 왼손은 울면서 떠나게 되었습니다.

왼손이 없어서 기분이 좋을지 알았는데 너무나도 불편한 것입니다.

왼손이 없어서 못 조차도 박지를 못 하는 겁니다.

손등에 가시가 박혔는데 도저히 가시를 뽑을 수가 없는 겁니다.

손목시계를 오른손에 차니 오른팔이 불편한 겁니다.

손에 이물질이 묻었는데 닦을 방법이 없는 겁니다.

그러자 오른손은 왼손을 찾아가서 미안하다며 사과를 했다고 합니다.

왼손이 있었기에 오른손이 마음껏 자유롭게 살아온 겁니다.

진짜 마음 가짜 마음

우리의 왼손은 우리를 낳아 준 부모입니다.

나의 아내이자 남편이자 자녀입니다.

너무 익숙한 나머지 그들에 대한

감사함을 놓아 버린 채 귀찮아하지 않나요?

지금이라도 늦지 않았습니다.

이 세상은 나 혼자서 살아갈 수도 없습니다.

지금의 나는 많은 이들의 사랑과 지지로 인해서 살고 있는 겁니다.

이제 내 주변의 왼손에 대해서 무시하고 미워하고

비난하지 말아야 합니다.

당신에게 그늘을 만들어 주는 나무를 베지 마세요.

지혜의 열쇠

돌멩이를 신으로 착각한 바보의 이야기

여기저기 스승을 찾아 떠돌아다니던

바보에게 어떤 종교인이 이렇게 말했습니다.

"당신은 전생에 죄를 많이 지어서

이 석상을 모셔야 죽지 않고 살 수 있습니다."

바보는 기분이 나빴지만 무서운 마음에 그렇게 할 수밖에 없었습니다.

그 뒤로 2년을 매일 같이 석상에 기도하고 또 기도했습니다.

주변 사람들이 아무리 말려도 말을 듣지 않는 겁니다.

왜냐하면 그것을 멈추게 되면 바보가 가진 행복이 사라지고

앞으로 큰일이 일어날 거라 생각하기 때문이지요.

그러던 어느 날 바보는 문득 이런 생각이 들었습니다.

"도대체 내가 뭐하는 거지?

그토록 꿈꿔 왔던 미래는 이런 모습이 아닌데 말이야."

한참을 고민하고 또 고민했습니다.

그러다 한 가지 사실을 알게 되었습니다.

바보가 2년 동안 모셨던 것은 그를 죽음에서 지켜 줄 신의 존재가 아니라,

본인의 두려움을 신으로 착각한 채 모시고 살았던 겁니다.

그래서 바보는 한참을 어이없게 웃다가 망치로 석상을 깨 버렸습니다.

"죽일 테면 죽여라! 나는 신을 부정한 것이 아니라

내 안의 두려움을 깼을 뿐이다."

그 후로 오랫동안 머물러 있던 두려움은 사라지고

오히려 마음이 평온해졌다고 합니다.

이제 바보는 자신을 지킬 수 있는

내면의 소중한 '나'와 만날 수가 있었습니다.

그 바보는 누구일까요?

바로 저입니다.

우린 각자가 깨부숴야 할 두려움이라는

석상을 누구나 지니고 살아가고 있습니다.

지혜의 열쇠

제10장

마지막 열쇠

이제 찾으셨나요?

마지막 열쇠는 여러분 자신입니다.

그 문을 열 수 있는 사람은 바로 '나'입니다.

당신의 가슴은 그 문을 찾아 줄 겁니다.

당신의 머리는 그 문에 맞는 열쇠를 알려 줄 겁니다.

당신의 두 손은 그 문을 열어 줄 겁니다.

당신의 두 발은 그 문 너머 멋진 행보를 하게 될 겁니다.

한번뿐인 인생 멋지게 달려 보시죠!

진짜 마음 가짜 마음